CARLO CATTANEO

Carlo Romussi

«Ci sono tre no nella storia d'Italia: il no di Pier Capponi a Carlo VIII; il no di Michelangelo al duca Alessandro de' Medici; il no di Cattaneo al maresciallo Radetzky.»

3

A. MARIO

I.Sul Lago di Lugano.

Cogli occhi fissi verso la terra lombarda, l'esule stette venti anni nell'ermo ritiro di Castagnola, studiando e amando. E come i personaggi danteschi che nel mondo avevano il corpo che pareva vivo, ma lo spirito era andato altrove, così Cattaneo viveva in Lugano, ma l'animo vagava ansioso fra i suoi concittadini, sempre sperando che la libertà avesse a scaturire finalmente, per volere unanime di popolo, dai nuovi ordini civili ed iniziasse un'êra di morale politica e di prosperità.

Era Italia anche la terra che lo ospitava: italiano il verde lago di Lugano che si stendeva ai suoi piedi, mollemente increspato dalle brezze scendenti giù per le gole alpestri: italiani i monti che in curve or maestose or leggiadre lo chiudono ad anfiteatro: italiana la splendida natura che riproduce in più ristretti confini l'incantata scena del golfo di Napoli...

Ma l'esule anelava ad altra terra. Gli italiani del Canton Ticino sono fatti parte della Confederazione Svizzera, che ne rispetta la lingua, il genio, le tradizioni, che li raccoglie in una concorde famiglia di fratelli e di liberi.

Lo sguardo fisso dell'esule travedeva un'altra famiglia libera come l'elvetica ed era la gran famiglia italica: ed oltre a questa un'altra, più vasta ancora, che comprendesse tutti i popoli e che nel suo pensiero intitolava: Gli Stati Uniti d'Europa.

Attese venti anni. Un turbine violento gli portò un giorno voci di dolore o d'ira: eran quelle dei vinti sui campi fatali di Novara, dove rovinò, per cagioni che non si possono ripetere da noi che scriviamo sotto il dominio regio, la fortuna d'Italia. E l'esule che aveva predetto quel dolore, pianse sulle vittime, come il vate di Gerosolima sulle macerie che aveva profetate.

Altri turbini dal mezzogiorno gli portarono l'eco d'altri dolori. Ma questi erano almeno dolori solenni, d'eroi gloriosi, caduti avvolti nella bandiera repubblicana, disputando palmo a palmo il terreno del bastione di Roma al nemico soverchiante di numero: era il grido di martiri che dopo aver lottato contro l'austriaco e il coléra, caddero a Venezia, più grandi dei vincitori e della sorte.

Ma, la speranza non moriva nel petto dell'esule. E, pensando e soffrendo teneva sempre gli occhi fissi sulla terra del suo amore. Udì erompere un grido selvaggio di vendetta: e i fuggiaschi da Milano del 6 febbrajo 1853 gli narrarono che erasi creduto di rinnovare la riscossa del 1848, ma che il popolo era rimasto muto, scettico, timoroso.

Passarono altri anni. Sulla mesta fronte spaziosa dell'esule il tempo tracciava le sue rughe, e incanutivano i capelli. Un giorno sentì un rimbombo lontano, un frastuono d'armi e di cavalli. Erano gli eserciti di Francia e di Piemonte che varcavano il Ticino, che volgevano in fuga l'austriaco da Milano. I manifesti del Bonaparte parlavano di Italia libera, e la pace di Villafranca poneva i confini sul vietato Mincio. Un anno dopo, la voce di Garibaldi gli giunge da Napoli: «Accorri, ho bisogno di te.» Oh, chi ridirà l'ansia giojosa dell'esule?... Ma poco dopo ritornava, alla romita Castagnola, più disilluso, più sconfortato di quando ne era partito. Aveva veduto un eroe liberare mezza Italia e una politica angusta e ingrata impadronirsi della terra redenta. Ed allorquando i suoi concittadini gli dissero: «Va a rappresentarci in Parlamento» egli, combattuto da contrari pensieri, si recò fino alla porta della Camera: poi, piuttosto che giurar fedeltà a quel potere regio ch'egli aveva sempre combattuto, perchè convinto che l'indole e la felicità d'Italia richiedono altra forma di governo, volse le spalle e tornò nella repubblica svizzera. Colla coscienza non si fanno transazioni.

L'esule era divenuto ancor più triste. La sua patria era indipendente, non libera. Parolai ed ambiziosi si disputavano il potere. Gli uomini che egli aveva veduto tremebondi in faccia al nemico, e quelli che avevano firmato le proteste più vigliacche di sudditanza allo straniero oppressore, erano coperti di croci, onusti di impieghi, erano chiamati i salvatori della patria, eran fatti gli educatori delle nuove generazioni.

L'esule scriveva le ultime parole quando l'angelo della morte lo sfiorò colla sua ala. Lasciava eredità di sapienza civile ai giovani, affinchè potessero attingere a fonti più pure di quelle aperte dai maestri ufficiali: lasciava l'esempio di una vita incorrotta, sacra, devota alla libertà dei popoli.

Quando i nemici furono ben certi ch'erano mute per sempre le sue labbra che li aveva tante volte stigmatizzati, immota la mano che aveva scritte tante verità contro di loro, che era morto infine, allora gli consentirono una parola di lode.

Ma non tutti: perchè i più accaniti, ch'erano quelli che il morto aveva fatto arrossire più vivamente, colla sua imparziale parola, non furono almeno ipocriti.

E a voi, giovani, dedichiamo queste pagine, perchè crediamo che la vita di Cattaneo contenga il migliore insegnamento in questo periodo di facili transazioni. L'esempio di quest'esule, cui venne accordata sì tarda giustizia in patria, somiglia a quel breve manifesto che Garibaldi, uscito da Roma, rivolgeva ai suoi fidi. Non promette che stenti, fatiche, fame, morte, ma tutti questi mali son confortati dall'inestimabile bene della coscienza d'una vita utile.

Il bivio d'Ercole è sempre aperto davanti a chi percorre il cammino della vita. Da una parte sono le tentazioni del godimento materiale. Volete essere ricchi? volete goder la vita? volete impieghi lucrosi e facili, i guadagni rapidi, la gloriòla dei gazzettieri e del bel mondo che mena maggior rumore della gloria vera? ambite essere cavalieri, consiglieri comunali, deputati, senatori? volete che ogni verso che scrivete sia ripetuto con ammirazione, ogni vostro libercolo applaudito con lode anche prima d'esser letto?...

Entrate nella via fiorita che il partito dei dominanti vi spiana innanzi ai piedi. Parlate della coscienza sol quel poco che basta per far credere che l'abbiate: chinate il capo a tutte le autorità costituite, siano della politica, siano dell'arte o della scienza; non ribellatevi mai al quia: legatevi ad una consorteria che vi porterà in alto: lodate o biasimate secondo il nome di chi opera: alla verità che offende sostituite la cortesia spesso menzognera, e mentre state curvi, declamate alto di indipendenza e portate con decoro e nobiltà l'utile livrea.

Preferite invece passar la vita combattendo, senza mai un giorno di riposo, perchè i nemici vi si faranno sempre più compatti intorno? Faticar molto e ritrarre uno scarso compenso? far meglio dei vostri avversari e sentirvi proclamare inferiore? Sdegnare il piacere degli agi, ridere della fama capricciosa? Conservare fino alla tomba il vostro carattere e la vostra fede? lavorare indefessi per avvicinarvi ad un ideale che raggia nella vostra mente di divina bellezza, essere chiamati esagerati, declamatori, ispidi e sciocchi? E mentre col sangue dell'anima, vi adoperate, vi sacrificate per migliorare la condizione dei vostri simili, essere per colmo di dolore, calunniati e vilipesi? E per unico conforto sentire dentro sè la soddisfazione d'aver compiuto il proprio dovere, di non essere stati inutili al progresso della libertà e quando morite, stanchi ed oscuri, aver la sicurezza che il vostro ideale deve avverarsi e far lieta la terra che abbandonate?

Entrate allora nella via sparsa di rovi, dove Cattaneo vi ha preceduti. Quelli dell'altra via sono i servi – voi gli uomini.

II.I primi anni.

In quella parte della regione lombarda detta la Bassa, dove i campi più ubertosi fan contrasto colla miseria più squallida dei contadini nei cui abituri siede, ospite infausto, la pellagra, abitava la famiglia di Cattaneo. Il padre venne a stabilirsi in Milano, aperse negozio di orefice e giojelliere e sposò Maria Antonia Sangiorgio. Ebbe quattro figli: il primogenito seguì la professione paterna: il secondo fu Carlo, che vide la luce a' 15 giugno del 1801.

Uno zio prete volle che Carlo studiasse da prete: e il fanciullo fu posto nel Seminario di Lecco, perchè vi facesse i primi studi.

Il latino lo innamorò, sia nella spigliata armonia di Orazio, sia nella grazia spontanea di Ovidio, sia nella maestà di Virgilio: e leggeva quei poeti inebbriandosi delle serene fantasie greche con tanto splendore di forma rinnovate. Sentiva il bello quasi per inconscia facoltà di natura.

Un dì, aveva nove anni, mentre il professore Benelli spiegava la grammatica latina, il fanciullo teneva china la testa e leggeva di soppiatto un volume.

– Sarà un romanzo o un libro proibito, pensò il professore.

E prima che il lettore se ne accorgesse, gli fu sopra e gli afferrò il libro. Era Virgilio in latino!

Il Benelli rimase meravigliato di quella precocità d'intelletto: e da quel dì lo tenne carissimo, con ogni cura sviluppando i buoni germi dello studioso.

La vita ecclesiastica non piaceva però al Cattaneo: e appena tornato in Milano per gli studi filosofici, lasciò l'abito di chierico.

A diciannove anni Cattaneo era già professore di grammatica latina nel ginnasio di Santa Maria in Milano: il Benelli, direttore di quell'istituto, lo aveva voluto seco.

Nel tempo stesso studiava giurisprudenza per ottenere la laurea: e i parenti avrebbero avuto caro che diventasse avvocato. Ma egli si contentò della fronda dottorale: e più tardi diceva:

– Non ho il genio della lite: tanto che non ho voluto mai farmi avvocato, sebbene abbia speso cento zecchini, fin dal 1824 per farmi laureare.

In Milano il giovane professore ebbe la fortuna di un grande maestro: Gian Domenico Romagnosi.

Il vecchio filosofo perseguitato dall'Austria che gli aveva tolto perfino la facoltà di insegnare, radunava in casa sua alcuni giovani di maggior ingegno, cui andava spiegando le sue dottrine. Era povero: «e in disadorne camerette a un terzo piano, davanti un lento fuoco, o ad un tavolino con due candele di sego, il venerando e benevolo vecchio i giovani accoglieva colla famigliarità d'un padre, sibbene coll'autorità di un maestro: e col senno di chi molto ha vissuto temperava la baldanza di chi tutto spera.» Fra quei giovani erano ingegni diversissimi: Carlo Cattaneo, Giuseppe Ferrari, Cesare Cantù.

Romagnosi spiegava agli uditori che pendevano dalle sue labbra che «pace e prosperità, interna ed esterna, ecco lo scopo della politica: e questo scopo non si può ottenere che coll'etnicarchia, ossia col dominio nazionale. Il dominio nazionale importa che tutta una nazione comandi in casa sua. Ma tutta una nazione, non comanda se lo straniero padroneggia tutta o una parte della medesima. Tutta la nazione finalmente non comanda, quando solamente certe classi, o certi uomini o un uomo solo, fanno o possono fare prevalere la loro privata volontà alla volontà di tutto un popolo. Nazioni intere, indipendenti, padrone di tutto il loro territorio, o viventi sotto un solo governo temperato sono adunque lo stato ultimo del mondo voluto dalla natura e dalla ragione, onde ottenere pace e prosperità interna ed esterna.»

Cattaneo da questi principii traeva le ultime conseguenze: e mentre Romagnosi trovava l'equilibrio delle potenze nell'indipendenza delle libere nazioni, egli sostituiva all'equilibrio un legante più intimo, la fratellanza, e invocava gli Stati Uniti d'Europa.

La mente poderosa di quel gran maestro aperse al giovane orizzonti illimitati in molti rami dello scibile. La filosofia, le scienze naturali, la storia, la matematica, la giurisprudenza e tutta la sequela delle dottrine per le quali si regge questa civile società, erano man mano argomento alle lezioni di Romagnosi: e Cattaneo andava imparando le scienze più diverse, ordinate in una unità meravigliosa, tanto che si rivelavano strette da una necessaria concatenazione.

Gabriele Rosa si ricorda d'una miniatura di Ernesto Bisi che ritrasse Carlo di 25 anni. Era bello, florido di gioventù, colla camicia aperta al collo, come si vede nei ritratti di Foscolo. E Alberto Mario alla sua volta lo dice giovine, biondo e bello come una figura di Giorgione.

Fu in quell'epoca che conobbe una nobilissima signora inglese, Anna Pyne Woodeock, ch'era venuta fra noi per studiare l'Italia. Erano quasi pari d'età: si innamorarono, ed essa non volle più separarsi dal suo Carlo.

I parenti di lei non volevano che lo sposasse; v'erano due ostacoli che ai rigidi britanni parevano insormontabili: la nobiltà di secoli che non poteva fondersi col professore plebeo, figlio dell'orefice, e i pregiudizi della religione. Ma Anna scrisse ai parenti:

– Io non lascio Milano nè il mio Carlo. Venite qui voi pure – lo conoscerete – e i tanti suoi pregi vi affascineranno, come hanno affascinata me.

Nel suo entusiasmo la innamorata giovane ben s'apponeva. I parenti vennero, videro... e l'amore vinse la sua causa. Carlo ed Anna furono sposi.

III.Vita di studi.

Ardevano le controversie intorno alla lingua ed alla poesia. Ma Cattaneo studiava le opposte ragioni e diceva ingenuamente di non comprendere il perchè di tanta guerra.

Gli uni dicevano doversi rinnovare da capo la poesia e raccoglierla tutta nella tradizione del medio evo, lasciando che «vecchio e solo, poichè così voleva, Vincenzo Monti rimbambisse nelle consuetudini della favola greca.» Gli altri sostenevano le tradizioni classiche, le belle fantasie che avevano pure confortati e scorti a sì nobili fatti i nostri padri. Per qual motivo si sarebbero dovute fare esclusioni di scuole? Il Cattaneo con serena mente studiava i capolavori dei classici e de' romantici, insegnandoci:

– La nuova generazione non deve mutare unicamente il modo d'essere, imitatrice e servile, trapassando dall'ammirazione di una scuola a quella d'un'altra, ma stender la vista generosa su l'ampio orizzonte, salutando con saggio amore ciò che di bello ci serbano tutti i secoli e tutti i popoli, non vituperando l'occidente per l'oriente, nè il mezzogiorno per il settentrione. E forse sono più intime che altri non creda, le affinità fra le leggende raccolte tremila anni addietro nell'Odissea e quelle dell'estremo settentrione, verseggiate ne' nostri giorni alla Svezia da Regnèr. E nelle tragedie istoriche di Shakespeare risuona non so quale accento omerico, che sembra quasi ripetere col rauco eco di più scabra favella le contese di Agamennone e d'Achille.

«Fattomi proprietario di un giornale, benchè il nome che altri gli aveva destinato di Politecnico paresse ammonirmi contro ogni seduzione letteraria, tuttavia forse perchè la natura anco repressa, torna alla prova, vi lasciai trapelare tra cosa e cosa qualche spiraglio pure di altri pensieri. E tra quella scabra merce di locomotive e gasometri e ponti obliqui, mi sfuggì qualcuno quà e là di quelli argomenti eziandio che hanno viscere.»

Il Politecnico rivela appieno l'educazione avuta da Romagnosi. La vastità delle dottrine apprese lo facevano passare dall'un tema all'altro, non sfiorando gli argomenti come è vezzo della maggior parte dei giornalisti d'oggi, ma approfondendoli con tenacità ed esponendoli con ordine e lucida chiarezza. Egli passava dalla letteratura alla linguistica: da questa alla chimica, alla statistica e alla filosofia civile e alla storia, indirizzando coll'esempio gli ingegni alla nuova scuola ch'egli iniziava: la scuola, vogliam dire, che sa unire la scienza e l'arte in un solo connubio.

Questa pubblicazione acquistò in breve tempo fama europea, ed era un vanto pei migliori di scrivere nel Politecnico.

«Noi vogliamo (egli scrisse più tardi, riassumendo l'opera fatta e quella da farsi) la scienza, svegliare tutti gl'interessi, gettare a destra ed a sinistra i nostri studii per suscitare ed incalzare gli studi altrui. L'Italia deve mostrare tutto ciò ch'ella è. La legislazione è scienza, la navigazione è scienza, l'agricoltura, vetusta madre della nostra nazione, sta per tradursi tutta in calcolo scientifico. Ogni scienza deve generare un'arte; scienza è forza... Chi ha idee venga a noi: il posto dell'idea è il posto dell'uomo.»

Come intendesse il progresso, lo disse in una sua conferenza alla Società d'Incoraggiamento d'arti e mestieri di Milano:

«Vi è chi collocando la felicità delle genti non nel moto, come è il desiderio dell'universa natura, ma nella quiete della fossa, vorrebbe che le cose umane fossero tutte con inviolabile norma prefinite. Vorrebbe dunque un magisterio d'arte che numerasse i fili d'ogni tessuto; vorrebbe un'architettura che comandasse anzi tempo a tutte le combinazioni della vita; vorrebbe un grado di dovizia perpetuo nelle famiglie; una filosofia di sillogismi perenni, ai quali attingere tutti i particolari della scienza; un dizionario infine nel quale s'impietrisse perfino la parola: sicchè un'inesorabile predestinazione aggravasse tutti i pensieri e tutte le speranze dell'uomo.

«Ma infelice quella generazione che si proponesse d'essere in tutto come furono i padri! Poichè, quando quelli avessero pure sfolgorato d'ogni valore e d'ogni gloria, i figli, finchè nulla aggiungessero alle loro imprese, rimarrebbero tanto da loro degeneri, quanto l'inerzia è diversa, dall'opera, l'immobilità dal moto...

«Quando avesse fine ogni impresa, e l'uomo stesse contento ai templi già elevati, ai marmi già scolpiti, alle arti ed alle invenzioni dei secoli andati, e mutando del tutto i destini di questa travagliosa valle potesse riposarsi in un sabbato sempiterno, – quale assopimento della volontà! qual ruggine dell'ingegno! quale disperazione del merito! quale arroganza del demerito fortunato! – Allora alla pensatrice e generosa Atene succede il Basso Impero codardo e spensierato; allora all'eloquente e bellicosa Roma di Cesare succede imbelle e quasi muta la Roma d'Onorio; finchè nella lotta perpetua che il Dio degli eserciti impose alle umane sorti, una soldatesca venturosa non conculchi nel vecchio nido la stirpe scioperata.

«È necessità, necessità morale, che ogni generazione innalzi i suoi templi ed i suoi archi, e modelli le sue sculture, e apra nuove via per alpi e per lagune, e inarchi nuovi ponti non solo omai sui fiumi, ma sui laghi, ma sui mari, e non solo sopra lo specchio delle acque, ma fin per di sotto ai tetri loro gorghi. È mestieri che a forza d'ardimenti e di temerità l'uomo si trovi di repente dubitoso e smarrito a fronte d'immeditati ostacoli, affinchè il genio allora si svegli, e si avvegga di sè, e affronti con nuovi pensamenti la vecchia natura. E perchè questa salutevole palestra degli animi dia nervo a tutto un popolo, e diffonda perfino nell'ultima famigliuola il polso d'una vita sollecita e intensa, bisogna che tutta la legione delle arti utili si rinnovelli a ora a ora dietro i quotidiani passi della scienza. – Quando un popolo ebbe dai remoti avi l'arte di liquefare il ferro, rinvenga altro modo di fornaci, rinvenga altri fondenti, altra esca al fuoco, altri andarivieni di ventilazione; alimenti la fiamma colla fiamma. Quando una famiglia, per eredità venuta di povero padre in povero figlio, martellò per secoli il sasso del battiloro, venga la nuova potenza delle correnti galvaniche, e travolga tutto quanto il magisterio della vetusta officina; tramuti le più splendide arti; insegni a fondere senza fornace e senza fiamma le artiglierie di bronzo e i simulacri degli eroi. Quando per molte generazioni l'agricoltore del piano imparò e insegnò che il gelso è pianta servata agli aprichi colli, venga quel giorno in cui tutta una gente si affatichi a inselvare di gelsi la vasta pianura del Serio e dell'Oglio, e umili famiglie e ignoti casali si sollevino a improvvisa opulenza. Nè il maggior beneficio di siffatte rinnovazioni è in questo repentino incremento della privata dovizia; poichè maggiore di lunga mano è quello d'aver fatto lampeggiare fra le languidi abitudini le lusinghe del suo lontano splendore, d'aver dato argomento ai pensieri, e stimolo alle volontà, e speranze ed emulazioni; nè a noi per verità tanto cale di accrescere il novero di quelli ai quali l'opulenza sia letto di giacente e snervata superbia.»

Non vi pajono parole scritte oggi?

Parlare degli studi di Cattaneo negli Annali di statistica di Romagnosi, poi negli Annali di giurisprudenza dello Zini (dove apparve il lavoro che fece gran rumore intitolato: Ricerche economiche sulle interdizioni imposte dalla legge civile agli israeliti), non è nostro còmpito. Un volume non basterebbe mostrarlo quale filosofo – quale storico – quale linguista – quale letterato. Accontentiamoci di conoscerlo almeno in parte.

Nel 1840 Cattaneo ebbe incarico di stendere su le riforme carcerarie uno scritto, a servigio di quei magistrati che per loro ufficio avendo quotidiana ingerenza in questa materia, rimanevano esitanti fra il principio della segregazione e quella del silenzio.

Il nostro filosofo fece uno studio completo, storico, penale e morale, che ebbe una grande influenza benefica. Basti dare alcuni periodi di quel suo lungo studio, comparso prima sul Politecnico, poi pubblicato nei volumi di Scritti del 1847 o riprodotti poi dal Bertani:

«Nessuna immaginazione reggerebbe a scorrere l'infinita catena di patimenti che, cominciando dal principio dei secoli senza la pausa d'un'ora sola, si soffrirono fino a questo giorno nelle carceri e nei supplizii da quella disgraziata parte del genere umano, la quale, sempre mietuta dal carnefice, sempre si rigenera; nè si moltiplica mai tanto altrove, quanto nel fondo di quelle prigioni che furono edificate per annientarla.

«Sparsi nell'intervallo dei tempi, alcuni pensatori alzarono la voce per richiamare la giustizia entro più misericordioso confine; ma ciò non valse contro le fiere preoccupazioni che stavano radicate nei costumi e nulle leggi. La pena, presso la maggior parte dei popoli, si confuse sempre colla vendetta; e quando prese il nome di espiazione, era ancora una vendetta esercitata in nome degli dei. Ma in nessun tempo le pene divennero più generalmente atroci che sul declinare del medio evo, quando l'anarchia feudale ebbe disciolto in Europa ogni ordine di leggi e di giudici comuni, ed il principio della vendetta potè regnar senza freno. Allora ogni casa signorile ebbe un fondo di torre ed un carnefice, e l'ingegno umano si stancò ad inventare dolori e strazii. Si abbacinavano gli occhi con lastre roventi; si dirompevano con ruote le ossa; i condannati si ardevano a lento fuoco per diporto di popolo; si mutilavano, si laceravano con uncini e con pettini di ferro; infine lo studio feroce di molte generazioni si compendiava nelle nefande quaresime di Galeazzo. Si aggiunga la lenta agonia d'uomini dimenticati in sotterranei acquidosi, o precipitati nei trabocchetti, o murati vivi, e di famiglie intere chiuse a morir di fame o a divorarsi. Fra quelle pompe di crudeltà, quanto umana non doveva sembrare la cicuta ateniese o il capestro musulmano!

«Nello scorso secolo queste tradizioni si vennero dissipando in faccia ad un principio che, oppresso e ammutolito nel medio evo, ebbe finalmente trovati i suoi uomini ed il suo tempo.

«La voce di Beccaria e di Howard risuonò potente ed efficace, perchè uscita dalle viscere stesse della società; nè ben si potrebbe dire se il secolo più prendesse da loro o essi dal secolo. Cessò la tortura, si abolì la ruota e la tanaglia, si spalancarono i fetidi sotterranei; e si frappose un tale abisso fra le antiche atrocità e la moderna mansuetudine, che l'Europa, immemore del beneficio e della profonda miseria da cui fu tratta, già osa giudicare ingratamente le sublimi dottrine e il sublime secolo a cui deve questa umanità e questa pace.

«Quando l'apparato dell'antico patibolo fu disperso e la pena di morte trovossi circoscritta a pochi casi e sfrondata d'ogni inasprimento, anzi in Toscana ed in Pensilvania ed in altri paesi abolita del tutto, quella sùbita povertà dell'armamentario penale creò, come di solito, l'industria e l'arte. I giureconsulti si diedero a ritessere daccapo la dottrina criminale, perchè l'antica non valeva più; ed alcuna era pur mestieri averne. E studiarono accuratamente il miglior uso delle poche e miti pene che rimanevano, colle quali dovevasi tener fronte a tutto lo sforzo degli scellerati, che facilmente scambiano la moderazione dalla legge coll'impotenza.

«Allora si svolse la nuova scienza criminale. Prima di tutto ella ebbe a cercare nella natura umana e nelle necessità sociali il titolo che giustificava l'irrogazione delle pene. Ella ricordò l'antico detto dalla filosofia greca, che la pena non è vendetta del passato, ma difesa del futuro. E ne dedusse che, siccome il suo proposito è di sviare per quanto si può gli animi dal delitto, così dev'essere una forza capace di bilanciare la spinta delle malvage passioni; e la chiamò controspinta penale. E siccome le spinte al delitto non sono tutte d'eguale malvagità e violenza, così deve in proporzione commisurarsi la pena, eziandio perchè chi pon mano al delitto, abbia pure in quello un qualche ritegno; e chi è già reo d'una colpa, trovi nuovo ostacolo a commetterne una maggiore. E siccome la pena è una minaccia a tutti quelli che vorrebbero delinquere, così debb'essere solenne, pubblica, esemplare, non retroattiva, non insidiosa. Ma la pena, comunque giusta, è un male, che bisogna irrogare sol quando non vi sia altro scampo da sì crudel dovere; e sarebbe inutile ed iniqua, ogniqualvolta con altri modi men dolorosi si potesse reprimere la spinta criminale. Ora, egli è certo che gli allettamenti e gli stimoli al mal fare sono maggiori ove la plebe è disperata per miseria, o cresce ineducata e brutale, o il magistrato non vigila a scoprire i delitti, o il braccio d'una debole giustizia si abbassa innanzi ai protetti del potente. E se gli uomini sono onesti solo entro il limite della paura, e nella società non circola uno spirito di larga e vigorosa probità, il fragile edificio delle pene non regge al peso morto della corruzione universale. Perlocchè vuolsi coltivare negli uomini quell'impulso d'onore che non solo rattiene dal delitto, ma ne rende insopportabile il sospetto; vuolsi infliggere quanto più raramente si può l'ignominia, e far quasi risparmio dell'erubescenza del popolo; vuolsi promovere fra gli uomini ogni vincolo dell'azienda civile, perchè sentano il bisogno dell'altrui mano e della buona opinione; e questi umani e dolci sentimenti devono riscaldarsi al foco d'una pura benevolenza ed al pensiero della fratellanza comune e d'un destino superiore ai limiti del tempo ed alle miserie della vita. Così la giustizia e la vigilanza dei magistrati, il benessere e la buona educazione della moltitudine ed un caldo senso d'onore, di socievolezza, e cordialità devono cospirare colla sanzione religiosa a volgere verso il comun bene la corrente delle umane passioni. Solo quando siasi provvidamente compiuto questo salutare ordinamento, solo allora potrà dirsi legittima la pena; poichè la minaccia penale non percuoterà il traviamento, ma l'indomita perversità. E quindi alle presuntive forze di questa si vogliono contrapporre i gradi della pena; e quando sia veramente necessario, si può anche spingere l'opera del terrore sino alla distruzione dell'essere malvagio, che agogna alla distruzione altrui. Questa è la dottrina penale, come viene con severo ragionamento dedotta nelle opere del più forte dei nostri pensatori.

«Intanto lo studio del regime penale dimostra sempre più quanto profondo e sapiente sia il detto di Romagnosi, che un buon governo è una gran tutela, accoppiata ad una grand'educazione. È grande e non volgare esempio quello che danno all'Europa gli uomini di Stato della Gran Bretagna, confessando nelle splendide loro discussioni i fatti errori, ed espiando con onorevoli parole l'obblìo in cui posero ostinatamente i consigli del pensatore Bentham. Pur troppo gli studii morali sono guardati in Europa con indifferenza dai più, con avversione da molti, e si cancellano perfino dal numero delle scienze e dai colloqui degli scienziati; ma i duri fatti presto o tardi li rammentano; il tempo matura gli errori, i quali si fanno grandi, e avviluppano le finanze degli Stati, e intralciano i passi delle amministrazioni. Si può disprezzare lo studio o negare la verità; ma infine la pienezza dei tempi arriva; e la verità morde il piede che la calpesta.»

V.La preparazione.

Quando nel 1844 si inaugurò in Milano il sesto Congresso degli Scienziati, il Cattaneo preparò le Notizie naturali e civili della Lombardia.

Qual era l'ideale del Cattaneo di quei tempi?

Egli aveva avuto fede in una federazione di popoli. L'Austria non lo spaventava. Ricordava quanto fervore di vita nuova aleggiasse qui in Milano al tempo di Maria Teresa: e confidava che i Cesari avrebbero potuto accontentarsi di un legame di fedeltà delle provincie dell'impero, dando a ciascuna una separata amministrazione. In altre parole voleva una federazione di popoli.

Ma quando vide che l'Austria voleva una unità materiale, e «uomini di nome ignoto, vennero d'oltremonti con molta insolenza a rigovernare da capo le università nostre e le accademie, quando Volta e Oriani, l'inventore della pila elettrica e l'inventore della trigonometria sferica, vivevano ancora fra noi» – quando vide che i popoli italiani soggetti all'Austria erano costretti a pagare un terzo delle gravezze dell'impero, benchè facessero solo un ottavo della popolazione; – quando vide tolto ai nostri soldati l'abito nazionale, e l'uniforme austriaco render odioso il tirocinio militare ad ogni giovane che avesse senso di dignità, – e orde di croati inondare il bel paese come padroni allora pensò essere necessario far convergere le forze al conquisto della indipendenza e della libertà. La prima non doveva andar divisa dalla seconda.

Sorgeva quindi la necessità di preparare il popolo.

Nelle Notizie naturali e civili della Lombardia Cattaneo ci porge uno dei migliori esempi che abbia l'Italia del nuovo modo di scrivere la storia, affinchè sia educatrice. Il vigor del pensiero, l'amore ardente della patria, la universalità delle dottrine dello scrittore fanno di quest'opera forse la principale di Cattaneo. Udite che splendido inizio:

«Le Alpi eccelse e gli abissi dei laghi, i fiumi incassati e l'uniforme pianura silicea, le correnti sotterranee e le acque tiepide nel verno, gli aquiloni intercetti e le influenze marine, le generose pioggie e l'estate lucida, serena, erano le parti di una vasta macchina agraria, a cui mancava soltanto il popolo che ordinasse gli sparsi elementi di una ricca natura ad un perseverante pensiero.»

Parla poi dei primi abitanti dell'Insubria e afferma che «la civiltà sorgeva fra noi tremila anni or sono, fra il commercio dei Liguri, degli Umbri, dei Veneti, dei Pelasgi, degli Etruschi. L'arte di murare, ignota allora oltre alpe, la pittura, la modellatura, l'uso di convivere nelle città con gentili costumi e pompe eleganti e spettacoli ingegnosi, di contrassegnare con monumenti le vicende della vita pubblica e privata, di decorare con veste religiosa i provvedimenti intesi al progresso dei popoli, avrebbero in poche generazioni elevato a quasi moderna coltura il nostro paese, e la navigazione tirrena l'avrebbe congiunto a tutte le genti civili. La coltura del frumento era diffusa tra noi col culto di Saturno; i colli erano adorni di viti, e già il commercio recava ai barbari d'oltremonte questi dolci frutti della civiltà.» – «Il principio etrusco era diverso dal romano, ma, confederativo e molteplice, poteva ammansare le barbarie senza estinguere l'indipendenza.»

Traccia rapidamente la storia di Milano: a Legnano ed allo sviluppo dei Comuni consacra pagine bellissime: poi dopo aver discorso del principato e della invasione degli stranieri che ci addusse la rovina delle antiche industrie, così delinea il risorgimento della fine del secolo scorso:

«Mentre la Francia si inebbriava indarno dei nuovi pensieri, e annunziava all'Europa un'êra nuova, che poi non riusciva a compiere se non attraverso al più sanguinoso sovvertimento, l'umile Milano cominciava un quarto stadio di progresso, confidata ad un consesso di magistrati, che erano al tempo stesso una scuola di pensatori. Pompeo Neri, Rinaldo Carli, Cesare Beccaria, Pietro Verri, non son nomi egualmente noti all'Europa, ma tutti egualmente sacri nella memoria dei cittadini. La filosofia era stata legislatrice coi giureconsulti romani; ma fu quella la prima volta che sedeva amministratrice di finanze e d'armonia e d'aziende comunali; e quell'unica volta degnamente corrispose ad una nobile fiducia. Tutte quelle riforme che Turgot abbracciava nelle sue visioni di bene pubblico, e che indarno si affaticò di conseguire fra l'ignoranza dei popoli e l'astuzia dei privilegiati, si trovano registrate nei libri delle nostre leggi, nei decreti dei nostri governanti nel fatto della pubblica e privata prosperità.»

E conclude:

«Lo straniero veda chi siamo noi... Abbiamo recato il nostro tributo alle lettere, alle arti, alla filosofia, alle matematiche, alla idraulica, all'agricoltura, all'elettrologia; l'Eneide di Virgilio e Il giorno del Parini, il Duomo e la Certosa, il libro dei Delitti e delle pene e i primi calcoli della balistica, tutta l'arte dei canali navigabili, i prati perenni, la pila voltiana. Noi, senza dirci miglior degli altri popoli, possiamo reggere al paragone di qualsiasi altro più illustre per intelligenza e più ammirato per virtù; e aspettiamo che un'altra nazione ci mostri se può, in pari spazio di terra, le vestigia di maggiori e più perseveranti fatiche. È una scortese e sleale asserzione quella che attribuisce ogni cosa fra noi al favor della natura ed all'amenità del cielo; e se il nostro paese è ubertoso e bello, nella regione dei laghi forse il più bello di tutti, possiamo dire eziandio che nessun popolo svolse con tanta perseveranza d'arte, i doni che gli confidò la cortese natura.»

L'Austria non aveva aspettato lunga pezza a prenderlo in sospetto.

L'illustre Cobden passò per Milano nella primavera del 1847 e lo si accolse a convito. La polizia credette che Cattaneo dovesse presiedere la riunione e lo mandò a chiamare.

– Noi vogliamo, gli disse il segretario austriaco Lindenan, che i discorsi si mettano in iscritto e si rassegnino alla censura.

Alla domanda insolente, Cattaneo rispose con parole risentite: e allora il magistrato, mutando modi a un tratto, disse ingenuamente:

– Eh, capisco che è impossibile continuare in questo sistema; ma è ben malagevole dire per qual via potremo uscirne fuori.

La via Cattaneo la sapeva ben egli!

Ma non pensava a una insurrezione. Egli candidamente lo scrisse, esponendone le ragioni.

Cattaneo non pensava alla indipendenza sola; voleva anche la libertà interna, necessaria alla prosperità del paese. Voleva si rompesse guerra al passato, e non solamente si cacciasse un imperatore per mettersi sotto un re: e per raggiungere il suo intento si proponeva questo piano.

L'Austria era rovinata di finanze: i vari popoli a lei soggetti, stanchi delle vessazioni del proconsoli cesarei, volevano tener per sè i propri uomini e i propri danari, e pensavano ciascuno ad armarsi in casa propria. Bisognava profittare di questa dissoluzione dell'impero per strappare quante maggiori franchige si potesse: formare l'esercito italiano, ministeri italiani, o a poco a poco formarsi in stato internamento libero. Allora poi sarebbe venuto il momento di scacciare l'Austria e rendersi indipendenti.

Cattaneo combatteva il Casati e gli altri patrizi che invece volevano chiamare la casa di Savoja a conquistare la Lombardia. Si tenevano paghi di cacciar l'Austria, non pensando alla libertà del popolo: e stavano con Balbo che non voleva il popolo nelle cose dello Stato, non piacendogli «veder calare il governo in piazza.»

Per eccitare il re savojardo a romper guerra all'Austria, i nobili provocavano dimostrazioni. E quello che essi cominciavano, i giovani mazziniani continuavano con ben più generosi intenti. «Questi nobili e liberi propagatori (scrive Cattaneo) tradussero in vulgare alle smembrate provincie l'arcano dell'unità. Adoperarono i fogli clandestini e i pubblici, i canti, gli evviva a Pio IX, il sasso di Balilla, le catene di Pisa. Adoperarono i panni funebri delle chiese e i panni gai delle veglie festive; assortirono in tricolore le rose e le camellie, gli ombrelli e le lanterne; trassero fuori il cappello calabrese e il giustacuore di velluto; il vessillo della nazione e quello delle sue cento città. Era quella una lingua nuova che parlava a tutte le genti d'Italia più alto e chiaro, che l'altra lingua in cinque secoli non avesse parlato.»

Le dimostrazioni furono suggellate col sangue nel settembre, quando il popolo festeggiò l'arcivescovo italiano Romilli successo al tedesco Gaisruck, evocando le memorie dell'arcivescovo Ariberto e di Legnano.

Nel gennajo il matematico Gabrio Piola propose che l'Istituto delle scienze facesse rapporto sull'insegnamento e sulla stampa. Nominati in commissione Pompeo Litta, Piola, Restelli, Rossi e Cattaneo, fu affidato a quest'ultimo l'incarico della relazione. Cattaneo colse l'occasione per chiedere la riforma che potevano armare la Lombardia e avviarla a libertà; ma non gli si lasciò il tempo di fare, perchè fu tosto domandato a Vienna il permesso di deportarlo. Dovette ad Enrico Mylius l'essere stato salvo.

VI.Le cinque giornate.

Non toccato a Milano le sue Cinque Giornate! Sono ricordo, affetto, esempio, incoraggiamento, sono la dignità e la gloria del popolo: e quando l'anno nel suo corso immutabile riconduce il 18 di marzo, pare ancora ai milanesi, che han veduto quelle giornate del riscatto, che voci arcane si diffondano nell'aria e si confondano in un fremito universale. È il rombo lontano del cannone, l'eco ripetuta delle fucilate che, come grandine, scrosciavano giù dalle candide e marmoree guglie del Duomo, l'eco delle grida e dei gemiti dei morenti, degli evviva del popolo vincitore. Vi era del sopranaturale nell'ardire dei combattenti delle Cinque Giornate, in quell'ebbrezza che tutti aveva conquiso e che umana favella è impotente a riprodurre: e appunto perchè sopranaturale, è sopravvissuta al tempo la influenza di quelle Cinque Giornate, nella guisa istessa che nelle tradizioni degli uomini antichi visse il ricordo delle battaglie dei Giganti contro gli Dei – battaglie che misero nel cuore umano l'idea della ribellione alla forza, della conquista del diritto, quell'ardente desiderio della indipendenza e della liberta, che è sentimento indistruttibile, poichè sebbene tante volte represso nel sangue e per tanti secoli, mostrasi ora più vigoroso che mai non sia stato, e più vicino alla vittoria.

Non rifaremo la storia: non ridiremo il valore di alcuni. La storia nello scrivere segue l'esempio di Tarquinio quando insegnava al figlio Sesto l'arte del regno: cogli i fiori più alti. Ma la primavera non è fatta da quei pochi che sorgono alla vista; la primavera è dovuta a tutta l'immensa variazione dei fiori piccoli, umili, che tralucono fra l'erbe e coprono la terra.

Chi narra delle nostre Cinque Giornate, riferisce alcuni nomi: ma qual poema scriverebbe chi potesse far rivivere colla penna tutte le vite, riaccendere colla fantasia tutte le passioni d'allora, risuscitare tutte le anime, tutti gli eroismi dei piccoli e dimenticati che formano l'eroismo sublime di un popolo intero!

In ciascuna delle nostre famiglie si ripete, nelle confidenze del domestico focolare, qualcuno di questi tratti di eroismo sconosciuto. «Io l'ho visto, si dice: compiè quel fatto magnanimo... dove si troverà ora? Sarà stato travolto nella caterva dei morti o vivrà in mezzo ai suoi, tacendo forse per modestia il racconto di quanto ha compiuto?»

Gli eroi della sesta giornata si fecero gli Omeri delle proprie gesta che nessuno vide: quelli che avevano oprato, si tennero in disparte, offesi nel lor pudore di prodi, dallo spettacolo inverecondo.

23

Il 18 marzo.

L'alba del 18 marzo trovò Cattaneo allo scrittojo. Stava terminando il primo foglio d'un giornale da pubblicarsi quel dì stesso. La sera prima aveva saputo che una nuova sedizione in Vienna aveva abolito la censura: e il pensatore voleva profittarne per eccitare il popolo ad estorcere al governo malsicuro quanto più si potesse di armamenti e di libertà. Il suo pensiero era quello di rendere il popolo forte con propri soldati, affinchè potesse conquistare l'indipendenza e insieme la libertà. «Per un'indipendenza all'austriaca od alla russa (scriveva) non mi pareva lecito insanguinare la patria» .

Due amici entrano nella camera dello scrittore. – È decisa! gli dicono. Il podestà Casati si recherà, dopo mezzodì, al palazzo del Governo, per domandare a nome del popolo alcune concessioni. Che cosa ci consigliate di fare nel quasi inevitabile evento di un conflitto?

Cattaneo titubò. Lo confessa nella sua storia che in quel momento non aveva traveduto nell'avvenire la vittoria del popolo: o per dire più correttamente, credeva non maturi i tempi per ottenere un risultato definitivo: e in ciò i fatti gli diedero purtroppo ragione.

– Il Podestà, rispose pertanto, farà mitragliare i cittadini; egli va da cieco dove lo spingono; ma voi con che forza volete assalire una massa di ventimila uomini, che si è preparata di lunga mano a fare un macello e lo desidera? Quanti combattenti avete?

– Noi, dissero quei giovani, abbiamo una dozzina di compagni, che sono destri cacciatori, pronti a tutto.

– Non vedete, aggiunse Cattaneo, che vi vogliono parecchie migliaja d'uomini bene armati e ben comandati?

– Tutta la città, sclamarono con entusiasmo i giovani, si moverà al primo cenno. Noi abbiamo pronti, qui in Milano, quarantamila fucili.

– Questi quarantamila fucili li avete visti?

– Non li abbiamo visti; ma sappiamo che il Comitato direttore li aspettava di Piemonte.

– Andate dunque prima a vedere se sono arrivati; andato al Comitatodirettore. E siete poi certi che codesto Comitato vi sia?

– Senza dubbio: tutti ne parlano.

– Ebbene, vedrete che infine non avremo nè Comitato nè fucili. Io conosco da un pezzo codesti ciambellani; hanno una fede cieca in Carlo Alberto; e saremo corrisposti come al solito. Carlo Alberto non ama la libertà e non può amarla. Bisogna pigliar tempo per armarci e perchè tutta Italia si metta in grado di aiutarci. Non ci vuol di meno che tutta l'Italia. Andiamo adagio; non cacciamo in bocca al cannone un popolo disarmato finchè almeno non ci mettano nella assoluta necessità di difesa.

Quei giovani se ne partirono poco soddisfatti. Altri successero ai primi: e a tutti Cattaneo ripetè i medesimi dubbi; ma il pensatore non aveva pensato che la volontà popolare rompeva tutti gli indugi.

Mentre era uscito in istrada per portare allo stampatore il suo manoscritto, vede il tricolore della repubblica cisalpina sventolare alle finestre. Il Podestà Casati era andato al Governo, non prevedendo che la dimostrazione doveva cambiarsi in rivolta. Sulla porta del palazzo una sentinella è uccisa. Un giovane d'animo deliberato, Enrico Cernuschi, gloria incontaminata delle Cinque Giornate di Milano e della difesa di Roma, salì dal vicegovernatore austriaco O' Donnell e gli dettò tre decreti che costrinse a firmare: l'armamento di una Guardia nazionale; la destituzione della Polizia; il Municipio è incaricato della sicurezza dalla città. Quasi per incanto i cittadini appajono ornati delle coccarde tricolori, preparate dalle donne nel segreto delle notti vegliate: i giovani si armano di bastoni, sciabole e pistole: si erigono le barricate. Il maresciallo Radetzky ordina alla rappresentanza civica il disarmo, e minaccia saccheggio e sterminio; verso sera s'impossessa a forza del palazzo civico del Broletto, facendo parecchi prigionieri, che vengono condotti in castello. Il podestà Casati co' suoi colleghi del Municipio e con altri distinti cittadini, reduci dal palazzo di Governo, incontrati dagli Austriaci nella via del Monte, si rifugiano in casa Vidiserti. Ivi i cittadini insorti costituirono una Commissione municipale o Comitato centrale, che tramutò di notte la sua sede recandosi in casa del conte Carlo Taverna, in via de' Bigli.

La insurrezione era dichiarata; ma dei quarantamila fucili promessi, non ce n'era uno solo.

26

Il 19 marzo.

«Tutto quel secondo giorno si pugnò nelle diverse parti della città senza comune disegno, sforzandosi ciascuno presso le sue case d'acquistar terreno, di abbarrarsi, di scoprire armi e munizioni e toglierne al nemico».

Nell'avanzare della notte, la luna risplendette in cielo nel pieno suo disco, e presentò uno di quei fenomeni, che desta sempre un senso profondo negli animi popolari, massime se eccitati dagli eventi. In quella notte un eclisse sparse lo scoraggiamento ed il terrore negli Austriaci; e tanto più negli animi dei soldati, già gravemente commossi, arrecò profonda impressione, in quanto che era accompagnato da circostanze fisiche insolite. I milanesi, all'incontro, non si spaventarono del colore rossiccio della luna la quale sembrò accennare ai meno veggenti come le grandi trasformazioni sociali si compiano attraverso il sangue; e colle loro religiose credenze lo riconobbero come segno di Dio, collegandolo ad un'aurora boreale ch'era apparsa, come striscia sanguigna sull'alpi, nel 21 febbrajo.

In quella sera un manipolo di giovani entrò nella stanza dove stava il Casati col Comitato. Erano accesi in viso per la gioia del combattere: stringevano nelle mani i fucili con piglio sdegnoso.

– Ci mancano le munizioni! esclamavano. Cento, mille vengono a chiederci armi e non ne possiamo dar loro. Che fa il podestà? Che cosa il Comitato direttore?... Se non sa dirigere, nè provvedere ai bisogni, lasci libero il posto! vogliamo altri capi che sappiano che cosa sia un popolo in armi.

– Sì, altri capi! appoggiavano altri. A che servono gli indugi? La si finisca una volta e si proclami la repubblica!

– Viva la repubblica! scoppiò unanime il grido fra i combattenti.

– Almeno allora, aggiunse un d'essi, manderemo a prendere armi e ufficiali in Isvizzera e in Francia. È una sola la causa, e ci ajuteranno.

Casati, allibito, taceva.

– Lo vedete! osservava qualcuno. Esitano... Rifiutano... Oh, certi personaggi odiano ben più la repubblica che l'Austria, loro antica protettrice. Piuttosto che proclamare la libertà, si rifugierebbero in Castello con Radetzky.

– Ma, diceva qualche altro più pratico, se questi personaggi ci abbandonano o ci si voltan contro, vedremo il popolo perdersi di coraggio, perchè fidava nelle loro dimostrazioni e s'è avvezzo a seguitarli. Inoltre se ci proclamiamo in repubblica, come mai potremo ottenere ajuto dagli altri Stati d'Italia, tutti retti a principato?

– Facciamo un Governo Provvisorio, propose uno degli astanti; penseremo poi al Governo definitivo.

– Se nel Governo Provvsorio che proponete, osservò Cattaneo, avran parte quei medesimi cortigiani dei quali temete, avrete un impaccio di più durante il combattimento; se li escludete, essi getteranno su quel Governo il discredito e vorranno atterrarlo, valendosi della momentanea allucinazione del popolo e dei soldati del re di Sardegna. Di che si tratta ora? Di combattere: null'altro che di questo: fate adunque un Consiglio di Guerra, di pochi e deliberati, che abbia il solo incarico di dare unità alla difesa e di cacciare il nemico. È un incarico che offre soltanto pericoli, non onori, e non sarà ambito dai cortigiani!

Le parole di Cattaneo che erano nello stesso tempo pratiche e sdegnose, furono accolto con applausi.

– Scriviamo i nomi dei presenti, si disse, e facciamo un'elezione sul tamburo.

I pochi, che discutevano in principio, erano diventati una folla. Sopravvenivano ad ogni istante nuovi cittadini.

– Siamo vincitori! esclamavano quei valorosi; ma ci mancano le armi, ci mancano polvere e palle per compiere la vittoria.

– Armi! armi!... era il grido di tutti. Armi o capi, nel nome d'Italia!

S'era fatta notte buja.

– Dov'è il podestà?... Tocca a lui a dirigerci.

Si cerca il Casati; era sparito.

– Lo troverò io! esclamò Cernuschi.

Andò, e finalmente lo ricondusse. Per tenerlo al suo posto bisognava guardarlo a vista, «vigilarlo come un prigioniero.»

La notte trascorse negli apprestamenti per la resistenza dell'indomani. All'alba Cattaneo entrò nella sala dove stava Casati.

– Costituite un Governo Provvisorio! instavano ancora alcuni.

– Non voglio uscire dalle legalità, rispondeva seriamente Casati. Io non sono, non voglio essere altro che il capo del Municipio.

– Almeno chiamate gli ufficiali veterani, quelli dell'esercito napoleonico: essi dirigeranno il combattimento...

– Vi prego, rispondeva Casati, non immischiatemi con uomini già compromessi.

Parlava di uomini compromessi per le congiure fatte nel nome d'Italia, mentre l'aria portava dal di fuori il rombo dei cannoni e il fragore delle fucilate!

Alla fine si indusse a nominare alcuni Collaboratori al Municipio. Eran questi il conte Francesco Borgia, il generale Lechi, avvocato Anselmo Guerrieri, Alessandro Porro e conte Giuseppe Durini (questi due della lega cortigiana) e Enrico Guicciardi (funzionario austriaco!) A un altro funzionario austriaco affidò la polizia.

Il Casati dava avviso di queste nomine ai cittadini con un manifesto che chiameremo obbrobrioso, il quale così cominciava:

«Considerando che per l'improvvisa assenza dell'autorità politica (!) viene di fatto ad aver pieno effetto il decreto 18 corrente della vicepresidenza di Governo, col quale si attribuisce al Municipio l'esercizio della polizia, nonchè quello che permette l'armamento della guardia civica, ecc.» I cittadini insorti secondo il Casati, erano armati perchè il Governatore austriaco l'aveva permesso!

«Infastiditi di codesti avvolgimenti» scrive Cattaneo, i cittadini deliberarono di formare il Consiglio di guerra già proposto. Si scrissero i nomi di quelli che sembravano meglio adatti alla grave necessità: e a Cattaneo fu detto: «Componete voi medesimo il Consiglio coi nomi più opportuni.»

– Non è momento di rifiuto o di modestia, rispose Cattaneo.

E con un tratto di penna separò dagli altri in lista i primi quattro nomi. Erano quelli di Giorgio Terzaghi, Giorgio Clerici, Carlo Cattaneo, Enrico Cernuschi.

– Non faremo, proseguì Cattaneo, questioni di forme politiche o di confini: in fronte a tutti i nostri atti scriveremo: Italia libera!

Il 20 marzo.

Il Consiglio di guerra non perdette tempo. Ordinò le forze del popolo combattente ad unità di scopo. I corpi che il nemico teneva nell'interno della città furono fatti prigionieri: e in mano del popolo cadde il conte Bolza, uno dei peggiori arnesi di Polizia, che aveva comandato le stragi di settembre e di gennajo. Fu tratto davanti al Cattaneo.

– Che dobbiamo farne? gli chiesero.

– So lo ammazzate, rispose, fate una cosa giusta; se non lo ammazzate fate una cosa santa.

E fu salvo. I cittadini non versarono per vendetta un sola goccia di sangue. E il Consiglio di guerra, per confortare quei generosi sentimenti, scrisse e mandò dovunque questo manifesto:

«Prodi cittadini! – Conserviamo pura la nostra vittoria. Non discendiamo a vendicarci nel sangue di quei miserabili satelliti che il potere fuggitivo lasciò nelle nostre mani. È vero che per trent'anni furono il flagello delle nostre famiglie. Ma voi siate generosi, come siete prodi. Puniteli col vostro disprezzo.»

Fra i prigionieri condotti al Consiglio di guerra vi era il conto di ThunHohenstein. Cattaneo si ricordò che quel conte aveva avuto una rissa col milanese Borgazzi che lo aveva disarmato e battuto in viso. L'Allgemeine Zeitung aveva colorito quella baruffa come un assassinio compiuto dai briganti italiani. Cattaneo chiese al Thun come mai avesse lasciato che si abusasse in quel modo sleale del suo nome.

– Vollero così i miei superiori, rispose sommessamente l'ufficiale austriaco.

– Solo nei conventi dei frati, osservò Cattaneo, può trovarsi cosa che somigli a codesta disciplina austriaca.

Intanto i cittadini s'avanzavano trionfanti di via in via: e Cattaneo ne dava avviso con queste righe sparse dovunque si poteva:

«Cittadini! – Il generale austriaco persiste, ma il suo esercito è in piena dissoluzione. Lo bombe ch'egli avventa nelle nostre case, sono l'ultimo saluto della tirannide che fugge.

«Molti ufficiali si dànno prigioni. Interi corpi atterrano le armi davanti al tricolore italiano. Alcuni, trattenuti dall'onor militare, domandano di deliberare un istante, supplicandoci di sospendere il vittorioso nostro fuoco.

«Cittadini, perseverate sulla via che correte; essa è quella che guida alla gloria ed alla libertà.

«Fra pochi giorni il vessillo italiano poggerà sulla vetta delle Alpi. Colà soltanto, noi potremo stringerci in pace onorata colle genti che ora siamo costretti a combattere. Cittadini, fra poco avremo vinto; la patria deciderà dei suoi destini; ella non appartiene ad altri che a sè. I feriti sono raccomandati alle vostre cure; alle famiglie povere provvederà la patria.»

Al mezzodì di quel terzo giorno di insurrezione un gruppo di cittadini condusse al Consiglio di guerra un maggiore dei Croati, Sigismondo Ettingshausen. Gli avevano bendato gli occhi perchè non vedesse le barricate e le difese attraverso le quali passava. Gli tolsero la benda quando fu davanti al Consiglio. Stava ritto davanti agli insorti, ravvolto nel mantello, in atto decoroso.

– Il mio generalissimo Radetzky, disse, mi mandò a sentire quale sia la mente dei magistrati della città.

– In quell'altra sala, disse Cattaneo, c'è la municipalità coi suoi nuovi collaboratori: colà potrete avere la risposta.

Il maggiore fu guidato dal Casati: dopo un quarto d'ora il Podestà fece chiamare il Consiglio di guerra.

– Il generalissimo, disse Casati ai nuovi venuti, cedendo a un senso d'umanità, ci ha mandato il maggiore Ettingshausen per sentire le nostre intenzioni. Il Municipio propone un armistizio di quindici giorni. Ci pare che sia un intervallo di tempo necessario affinchè il maresciallo possa far conoscere a Vienna il nuovo stato delle cose, e ottenga la facoltà di fare le opportune concessioni. Il generalissimo consegnerà nelle caserme i suoi soldati: da parte sua il Municipio si impegnerà a far desistere dal combattimento i cittadini. Desidero ora di sapere se il Consiglio vuol interporsi fra i combattenti.

Cattaneo volse intorno il suo sguardo sereno e scrutatore e lesse sul viso dei colleghi l'impressione di dolore e di protesta che nell'animo loro avevano destato le parole del Casati. Pertanto rispose pronto:

– Omai non mi pare già più possibile distaccare i combattenti dalle barricate.

– Lo si può fare a poco a poco, osservò Casati.

– E dato che lo si potesse, replicò Cattaneo, siamo noi ben certi che la prima notte che dormiremo nei nostri letti non saremo tutti sorpresi ed appiccati?...

– Signore, esclamò il maggiore croato con sdegno, non contate per niente l'onor militare?

– Credete voi, signore, gli rispose Cattaneo con calma, che l'onor militare ci assicuri dalla polizia e dal giudizio statario? Chi può dire che le ostilità sospese non vengano a ripigliarsi da un momento all'altro, per fatto proprio d'un soldato o di un cittadino? Dopo aver provato le primizie della vittoria, è difficile che i cittadini si rassegnino a soffrire più a lungo la presenza dei soldati stranieri. È già il terzo giorno che il rintocco delle nostre campane chiama all'armi il paese intorno; il fragore del vostro cannone dev'essersi udito fin dentro la frontiera svizzera e piemontese. Senza dubbio, in questo istante i nostri amici sono in via per soccorrerci; assediati come siamo nel centro della città, non ne abbiamo certo notizia; pure dall'alto dei campanili scorgiamo moti insoliti. È ben certo ad ogni modo che il suono a martello deve giungere, d'un campanile all'altro, sino ai confini del regno. Se, data la parola dell'armistizio, vedessimo poi le vostre truppe approfittarsene per piombare al di fuori sui nostri amici, noi non potremmo rimanere testimoni impassibili, senza essere chiamati vili da loro: nè potremmo uscire a soccorrerli, senza essere chiamati perfidi da voi. Signor maggiore, una delle due: o il combattimento deve continuare su tutta la superficie del paese, o l'incendio si deve spegnere nello stesso tempo dappertutto, col separare dappertutto i due elementi nemici. Se il vostro maresciallo è veramente mosso da senso d'umanità, una cosa sola può fare: può lasciare nel regno i soldati italiani, che formano una parte considerevole del suo esercito; e condur fuori dal confine tutti gli altri. I soldati italiani, i gendarmi e le guardie civiche sono ben più che non bisogni a conservar l'ordine, sinchè arrivino le nuove istruzioni da Vienna.»

Il maggiore fece un atto di sdegno.

– E che, rispose a Cattaneo, volete che un maresciallo con cavalleria e artiglieria si ritiri dinanzi ai cittadini?

– Mi pareva, disse Cattaneo, che non mi aveste parlato d'operazioni di guerra, ma di misure di pace e conciliazione, che sono poi suggerite al vostro maresciallo anche dai veri interessi del suo governo. Se nella settimana passata egli riputò opportuno di far partire i granatieri italiani, egli può trovare egualmente opportuno in questa settimana di far partire i granatieri ungheresi e richiamare gl'italiani. Si tratta solo d'un cambio di presidii, il quale può ben essere divenuto convenevole per effetto dei grandi e impensati avvenimenti; poichè le ultime novelle di Vienna sono tali, che l'autorità militare ha il diritto, anzi il dovere, di riformare le misure poc'anzi prese. Quei ministri che avevano comandato di mitragliare e bombardare senza riguardo al sesso e all'età, sono in questo intervallo caduti. Come mai gli ordini che hanno slanciato allora, potrebbero vincolare adesso il depositario d'un'alta autorità militare? Certo che s'egli non ne sospende l'adempimento fino a che i loro successori abbiano parlato, è forza dire che non pensa punto alla gravissima responsabilità che si assume.

Il maggiore ripetè con molta gravità: «Questa è pur tempre una ritirata.»

– Chiamatela pure, se vi piace, una ritirata, rimbeccò Cattaneo: tanto meglio, se, colla scusa d'un mutamento di massima, avete l'occasione di fare una sicura e onorevole ritirata. Il grido d'allarme e la campana a martello avranno fra poche ore sollevato tutti i popoli sino alle Alpi. Essi ponno intercettare le gole dei monti, che senza il loro ajuto in questa stagione non si passano; essi ponno togliervi ogni ritirata ed ogni soccorso. Al contrario, col separare i due elementi nazionali già divenuti irreconciliabili, il vostro generalissimo potrà vantarsi d'essere entrato nel nuovo ordine europeo, e di conformarsi ad alte ragioni di Stato, e frattanto, in verità, avrà salvato il suo esercito.

Il «tetro volto» del Casati rivelava la sua ansietà e la sua riprovazione per quanto si veniva dicendo. Egli voleva l'armistizio per dar tempo a Carlo Alberto di arrivare a completare la vittoria, senza sapere in realtà se il re sabaudo si sarebbe risolto al grave passo. Ma non osava fiatare, perchè molti giovani ch'erano entrati nella sala, si mostravano frementi per le trattative che interrompevano la lotta.

Il maggiore croato stava vantando la umanità degli austriaci e il loro buon volere verso i milanesi, quando si udì un tumulto fuor della sala. Tutti si volsero verso la porta. Entra un prete, pallido, cogli abiti laceri, ansante.

– Quali ferocie! esclama con voce rotta. Gli austriaci sono entrati nella chiesa di San Bartolomeo, hanno trucidato il predicatore... han commesso atrocità senza nome...

– Ecco la risposta! esclamavano i giovani combattenti. Guerra ai carnefici! guerra agli uccisori degli inermi!...

Il maggiore appariva turbato dal ferale annunzio: il Casati, vedendo la generale concitazione, pregò il maggiore a ritirarsi nella sala vicina, perchè si potesse deliberare sulla proposta dell'armistizio.

Dopo un quarto d'ora di discussione, il Casati fece introdurre il maggiore.

– Signore, gli disse in mezzo al silenzio più profondo, noi non abbiamo potuto metterci d'accordo. Vogliate dunque rappresentare a Sua Eccellenza, da una parte i sentimenti della Municipalità, e dall'altra quella dei combattenti, affinchè possa prendere in conseguenza le sue risoluzioni.

Il maggiore s'inchinò ed uscì. E nei cittadini fu profonda e dolorosa la meraviglia nell'udire che nell'ora più grave del pericolo il Casati e i nobili suoi collaboratori separavano la loro causa da quella del popolo combattente.

Il maggiore aspettava gli si bendassero gli occhi per ricondurlo fuori delle barricate; ma non si volle. Doveva anzi vedere l'entusiasmo dei cittadini in armi ed essere testimonio delle prove di valore e di sacrifizio che li animava. Nello stringere la mano ad uno dei cittadini che l'avevano accompagnato, il maggiore croato esclamò:

– Addio, brava e valorosa gente!

«Da un'intera generazione (scrive Cattaneo) era quella forse la prima volta che uno straniero diceva al nostro popolo una parola di giustizia!»

Ma la Municipalità, mentre gli altri combattevano, continuava i suoi intrighi. Gelosa dell'autorità che aveva il Consiglio di guerra, dichiarò d'assumere «ogni potere fino al ristabilimento dell'ordine,» aggiunse a' suoi collaboratori Strigelli e Borromeo e nominò un Comitato di difesa. Ma questo, che secondo l'animo del Casati, doveva contrapporsi al Consiglio di guerra, riescì invece di aiuto al Consiglio stesso, perchè composto di uomini coraggiosi e leali: eran questi Luigi Torelli, Carnevali, Ceroni, Antonio Lissoni e Augusto Anfossi.

Il 21 marzo.

Mille o settecento barricate asserragliavano la città. I cittadini continuavano con fortuna la lotta: il palazzo del Genio fu espugnato dopo che lo sciancato popolano Pasquale Sottocornola ne ebbe incendiata la porta avanzandosi sotto il grandinar delle palle... e Cattaneo scriveva queste parole che faceva tosto pubblicare:

«Fratelli! la vittoria è nostra. Il nemico in ritirata limita il suo terreno al castello ed ai bastioni. Accorrete; stringiamo una porta fra due fuochi ed abbracciamoci.»

E un altro manifesto:

«Alcuni acquedotti che passano sotto ai bastioni sono asciugati, e ci mettono in comunicazione col di fuori. Il palazzo del Genio militare fu preso dai nostri prodi colla bajonetta; in tre giorni hanno già imparato a battersi come veterani. Al di fuori, cinquanta uomini di Melegnano hanno sorpreso con un'imboscata un battaglione di cacciatori, che, credendosi in faccia a corpo numeroso, si diedero alla fuga, abbandonando morti e feriti. Il nemico manca di viveri; gli ufficiali furono visti con pezzi di pan nero in mano. Il nemico ci chiede un armistizio, certamente per potersi raccogliere e ritirare, ma è troppo tardi; le strade postali sono ingombre d'alberi abbattuti; la sua ritirata diviene già difficile. Coraggio! avvicinatevi da ogni parte ai bastioni; date la mano agli amici che vengono ad incontrarvi; questa notte la città dev'essere sbloccata da ogni parte. Valorosi cittadini l'Europa parlerà di voi; la vergogna di trent'anni è lavata. Viva l'Italia!»

Cattaneo con alcuni colleghi dei Consiglio di guerra e col cittadino Borgazzi stava concertando l'assalto al bastione. Un messo della Municipalità chiama il Consiglio di guerra a convenire sulla risposta da darsi ai consoli delle potenze straniere che domandavano si concludesse un armistizio.

Il conte Durini, pregato a ciò dal Casati, espose ai cittadini raccolti che si proponeva un armistizio di tre giorni e che si lasciasse aperta una porta della città sì all'entrata dei viveri come all'uscita degli stranieri chiusi in Milano. «È un partito che giova più a noi che al nemico» concludeva il Durini.

– Certo! certo! rincalzavano i collaboratori del Casati.

– Jeri avete udito i cittadini rifiutare l'armistizio, disse Cattaneo: oggi, dopo un nuovo giorno di vittoria, è ancor più difficile richiamarli dal combattimento. Questi tre giorni a che giovano? A dar tempo al nemico di ritorcere tutte le sue forze sulla campagna. I fratelli che, avvisati dell'insurrezione di Milano, muovono in nostro soccorso, saranno macellati dagli austriaci fuor delle mura: e i cittadini allo spettacolo dei trucidati amici rimarranno atterriti.

– Ma gli stranieri vogliono uscir di Milano, obbiettava Durini.

– L'esempio è contagioso, rispondeva Cattaneo: il primo giorno la città sarà abbandonata dai forestieri, dalle donne e dai timidi; il secondo lo sarà dai prudenti; e il terzo anche dagli animosi. Inoltre conviene trattenere gli stranieri fra noi: faran sempre un ostacolo all'incendio e al saccheggio: e il vessillo francese che sventola allato al nostro, imporrà freno agli eccessi degli austriaci.

– Non dimenticate, disse il conte Borromeo, che noi non abbiamo più munizioni... che i viveri ci basteranno appena per ventiquattro ore.

– Il nemico, gridò Cattaneo acceso di nobile indignazione, ci fornì fino ad oggi le munizioni: il nemico ce le fornirà per l'avvenire! I viveri, dite?... ventiquattro ore di viveri e ventiquattro di digiuno, saran molte più ore che non ci sia mestieri. Il nemico sui bastioni non può reggere: è una linea troppo prolungata, stendendosi per dodici chilometri: già riesce malagevole agli austriaci la distribuzione dei viveri: già croati e tedeschi son ridotti a vivere di ruba. Questa sera noi spezzeremo la linea degli austriaci lungo i bastioni: e per poco che tardi a mettersi in salvo, il nemico non troverà più strada. E infine, quando pur ci dovesse mancare il pane, meglio morir di fame che di forca!

Molti combattenti, affollati all'uscio della sala, plaudivano al Cattaneo: e questo dovette anzi uscire per quietare l'effervescenza degli animi irritati contro il Casati. E questi dovette convincersi che non era più possibile ritrarre i giovani dal combattere.

Poco dopo i consoli delle potenze estere giunsero vestiti dei loro uniformi, per sentire la risposta: e il Casati dovette dar loro quella non sua.

Il Cattaneo, generoso, non fece motto allora del vero: e il podestà guadagnò fama per l'eroico rifiuto dell'armistizio. E la troppa generosità si volle far scontare al Cattaneo in certi ricordi scritti da persona appartenente al partito che combattè sempre il nostro grande cittadino.

In questo frattempo comparve in Milano il conte Enrico Martini, inviato segreto di Carlo Alberto, uomo del illudo gli storici indipendenti, come l'Anelli, lasciarono un ritratto poco lusinghiero. Il conte Martini si recò dal Casati per combinare il modo di toglier Milano al popolo e darlo al re di Sardegna.

– Bisogna costituir subito un Governo Provvisorio, diceva: bisogna che questo Governo offra subito la città al re, e allora egli verrà col suo esercito ad ajutarvi.

Il Casati non aspettava di meglio. Ma doveva chiedere il voto del Consiglio di guerra.

«La politica della Municipalità (scrive Cattaneo con dolore) ci dava quasi più faccende che non la guerra col Maresciallo Radetzky.»

All'udire la nuova proposta, Cattaneo esclamò:

– Il paese appartiene ai cittadini! niuno può disporne senza il loro consenso. È follia chiamarli a deliberare sulla loro sorte avvenire nel momento in cui sono occupati a difendere le famiglie e le vite loro.

«Il giorno della politica non è questo; abbiam trovato intempestivo il pronunziare jeri l'altro la repubblica; non è meno intempestivo il pronunziare quest'oggi il principato. Dacchè Dio ci manda la libertà, teniamola almeno per qualche giorno. Vi è dunque così molesto l'essere, una volta in vita vostra, padroni di voi? Iniziate l'êra novella col rispetto a tutti i diritti ed a tutte le opinioni, e col rispetto anche alle illusioni generose della gioventù, almeno fintanto che essa sta combattendo per voi. Quando l'avremo finita col nemico, quando la causa sarà vinta, allora vedremo. Allora potremo, come negli altri paesi liberi, dividerci in quante mai parti vorremo.»

Ma il conte Martini e parecchi dei nobili municipali tornarono alla carica.

– Le munizioni fan difetto: noi siamo insufficienti colle nostre sole forze a sconfiggere l'austriaco. È necessario l'esercito regolare del re...

– Questo dimostra, rispose Cattaneo, che non occorreva spronare con tanta fretta il popolo ad una sollevazione per cui nulla si era preparato. Il Consiglio di guerra vide così chiara questa insufficienza, che fin dal primo istante parlò sempre dell'Italia. È necessario aver tutta l'Italia, e forse nella presente scompagine delle sue forze potrebbe non essere ancora sufficiente all'impresa. Ora, se noi cominciamo a darci al Piemonte, non potremo aver con noi gli altri Stati d'Italia. Tornerà l'antica storia dei re longobardi e dei duchi di Milano, che misero in sospetto e nemicizia tutta la penisola.

– Ma la rimanente Italia, osservarono i regii, non può apportarci soccorsi pronti nè considerevoli; re Carlo Alberto trovasi alle nostre porte, ed è necessità metterci in sua mano, se non vogliamo sopportar soli tutto il peso della guerra.

– Se con Carlo Alberto, rimbeccò Cattaneo, volete far patti, non è il momento; sareste come il povero alla porta dell'usurajo. Se volete darvi senza patti, nessuna maggiore imprudenza. Come mai fidarvi ad un principe che in questo momento medesimo vi lascia qui sotto la mitraglia? E infine siete stati contenti d'esservi dati nel 1814 alla casa d'Austria?

Tutti l'interruppero con somma veemenza dicendo che la casa d'Austria era straniera. – «Sì, straniera, replicò Cattaneo; ma allora non ci avete voluto badare, come adesso non badate a molte altre cose. Signori, le famiglie regnanti sono tutte straniere. Non vogliono essere di nessuna nazione; si fanno interessi a parte, disposte sempre a cospirare cogli stranieri contro i loro popoli. Io ho ferma credenza che dobbiamo chiamare alle armi tutta l'Italia e fare una guerra di nazione. Se poi il vostro Carlo Alberto sarà il solo che venga a soccorrerci, avrà egli solo l'ammirazione e la gratitudine dei popoli; e nessuno potrà impedire che il paese sia suo. In ogni modo è inutile che voi gliela diate; perchè, se egli vince, il paese resta suo; e se non vince, non sarà mai suo, nemmeno se glielo aveste a dare cento volte.

La discussione si accalorò; e Cattaneo per farla finita si ritrasse con Cernuschi in angolo appartato, per far immantinente un appello a tutta l'Italia, e dare a Carlo Alberto alleati, da frenarlo, se si poteva, e da proteggere la nostra libertà. E scrisse:

«La città di Milano, per compiere la sua vittoria e cacciare per sempre al di là delle Alpi il comune nemico d'Italia, dimanda il soccorso di tutti i popoli e principi italiani, e specialmente del vicino e bellicoso Piemonte.»

Finiva appena di scrivere, quando il conte Martini venne per esortarlo a stabilire egli stesso un Governo provvisorio che facesse a Carlo Alberto la desiderata cessione. – È un grande servizio, soggiunse, che non si può aver tutti i giorni la preziosa occasione di rendere a un re.

Rispose Cattaneo. – Non sono al servizio dei re, ma della patria: dobbiamo chiamare in ajuto tutta la nazione italiana, è questa, dopo tanti secoli, la prima volta che si vedrà l'Italia riunita per comune scopo.

Il conte Martini pregò Cattaneo a mettergli in iscritto una domanda: e subitamente l'altro lo compiacque scrivendo:

«Dal Consiglio di guerra, 21 marzo 1848.

«La città è dei combattenti che l'hanno conquistata; non possiamo richiamarli dalle barricate per deliberare. Noi battiamo giorno e notte le campane per chiamare ajuto. Se il Piemonte accorre generosamente, avrà la gratitudine dei generosi d'ogni opinione. La parola gratitudine è la sola che possa far tacere la parola repubblica, e riunirci in un sol volere.

«La saluto cordialmente

«CARLO CATTANEO.»

Queste parole, che mettevano Carlo Alberto nella condizione di alleato, comunicate al Casati, lo fecero disperare. Il conte Martini, perduta omai ogni speranza di riuscire nella sua missione, si accinse a ripartire per Torino con incarico datogli dai patrizî di scongiurare Carlo Alberto a venire tosto a liberarli dal dispotismo dei rivoluzionari. Ma, giunto alle barriere, gliene fu interdetto il passaggio per ordine di Cattaneo, nè potè uscir di Milano prima che la vittoria del popolo fosse compiuta.

Cattaneo intanto così scriveva al popolo in nome del Consiglio di guerra.

«Ormai la lotta nell'interno della città è finita. È tempo che le città vicine si scuotano e imitino l'esempio di questa. Noi invitiamo tutte e ciascuna a costituire un Consiglio di guerra, che lasci le cose di consueta amministrazione ai municipii costituiti in governi provvisorii. Per noi vi è un solo ed unico affare, quello della guerra, per espellere il nemico straniero e le reliquie della schiavitù da tutta l'Italia. Invitiamo tutti i Consigli di guerra a limitarsi a questo. – Ci sarà grato il ricevere loro immediate notizie e intelligenze per mezzo di commissarii che abbiano animo degno dell'impresa. Noi domandiamo ad ogni città e ad ogni terra d'Italia una deputazione di bajonette, che venga a tenere un'assemblea armata a piedi delle Alpi, per fare l'ultimo nostro concerto cogli stranieri. Si tratta di ridurli a portarsi immantinente dall'altra parte delle Alpi; ove Dio li renda pure liberi e felici come noi.»

La mattina del 22 spuntò rallegrata da un cielo sereno. Il popolo aveva vegliato tutta notte, geloso di quanto aveva sino a quel giorno guadagnato, diffidente e pauroso di qualche insidia da parte dei nemici. Da una barricata all'altra facevasi di ora in ora, spesso di mezz'ora in mezz'ora, circolare il grido di: All'erta! – grido che da una barricata all'altra faceva il giro delle barricate tutte di Milano, e terminava al punto centrale da cui era partito primamente.

Il punto principale del combattimento fu a Porta Tosa: era quello il punto decisivo della battaglia fra la democrazia e l'assolutismo: – fra un popolo ed un imperatore; – fra il diritto e la prepotenza. In quel punto l'accanimento della zuffa era estremo: verso le ore 4 e mezzo pomeridiane l'ultima casa vicino al dazio di Porta Tosa fu incendiata: alle 5 e mezzo, un battaglione di granatieri accorreva da Porta orientale a soccorrere Porta Tosa: il seguente rapporto era fatto a quell'ora:

«Al Comitato di guerra.

«Siamo all'ultima casa presso la Porta Tosa. La nostra bandiera vi sta già sventolata. – Siamo molti e determinatissimi. Una linea dei nostri occupa le case del corso sino al ponte. Avremmo già vinto, se un poderoso rinforzo di linea e di cannoni non fosse in questo punto arrivato. Mi si dice che scarseggiano molto le munizioni da fucile. Mandatene. Vinceremo o moriremo.

«LUCIANO MANARA.»

E vinse: e Milano liberata intitolò quella porta alla Vittoria.

I tedeschi avevano abbandonato Milano.

Cattaneo, fin dalla mattina del 22, aveva detto a Casati che le necessità del Consiglio di guerra erano cessate colla vittoria del popolo: e se lo credeva opportuno, avrebbe agito d'accordo col Comitato di difesa: chiese anzi che a presiedere quel Comitato, fosse scelto Pompeo Litta, ch'era già stato nelle milizie di Napoleone I. Il Casati aderì e compose in questo modo il nuovo Comitato di guerra: Litta, presidente: Cattaneo, Cernuschi, Terzaghi, Clerici, Carnevali, Lissoni, Ceroni, Torelli.

Quanto alla Municipalità, questa si costituiva in Governo Provvisorio.

VII.I carlalbertisti.

Milano era divisa in due parti: la popolare e l'aristocratica. La prima gridava: Italia e libertà; l'altra: Casa Savoja.

Carlo Alberto, che aveva aspettato a dare la Costituzione dopo il re di Napoli, voleva essere chiamato in Milano, agognando al possesso della Lombardia; ma d'altra parte, nella terza delle Cinque Giornate, impediva ai milanesi esuli di accorrere colle armi in ajuto ai milanesi, che avevano cominciata l'eroica, disperata lotta (provato dalla deposizione di F. Simonetta). Tentennante sempre, protestava ancora la vigilia della guerra, amicizia all'Austria (Almanacco di Gotha), e alfine si decise di varcare il Ticino solamente la sera del 23 marzo, pauroso che in Milano non si proclamasse la repubblica.

Durante le Cinque Giornate si accontentò di mandar fra i combattenti il conte Martini a fare la politica: e nel manifesto 23 marzo, scriveva:

«Vogliamo che le nostre truppe, entrando sul territorio della Lombardia e della Venezia, portino lo scudo di Savoja soprapposto alla bandiera italiana.»

Il Comitato di guerra, del quale Cattaneo era l'anima, provvide intanto alla difesa della città. Invitò i giovani a inscriversi nella guardia civica o nelle colonne mobili, che dovevano occupar subito le Alpi: raccolse cavalli per cominciare un reggimento: chiamò gli ufficiali superiori dell'esercito del primo regno d'Italia: preparò scuole di fanteria e di artiglieria: fece fabbricar polveri, raccolse le armi disperse e ne fece venire dalla Svizzera. In Cremona suggerì di costituire un Comitato identico: accoglieva con parole di gratitudine i Genovesi e li avviava sulle vestigia del nemico fuggente, e mandava eccitamenti, dovunque dal Tirolo alla Romagna.

Ma il Governo Provvisorio a quella febbrile attività, poneva inciampi d'ogni sorta. Non voleva che i nuovi soldati portassero l'uniforme verde, colore d'Italia, ma l'azzurro di casa Savoja; teneva oziosi, poi sbandava soldati italiani che si erano ribellati all'Austria e costituivano un forte nucleo: tirava in lungo l'acquisto delle armi: impediva ai volontari di combattere, col pretesto che erano inesperti... e sempre diceva che dovevasi consegnare il paese al re: egli colle regie truppe avrebbe combattuto e vinto.

– Volevano, esclamò Cattaneo sdegnato, conquistare col mezzo di un procuratore vittoria e libertà!

Il Comitato di guerra, vedendosi inceppato nell'azione, decise di dimettersi; ma prima di farlo, volle compiere un atto di generosa politica, mettendo in libertà i prigionieri e i feriti ungheresi. E Cattaneo, nel farlo, scrisse uno splendido indirizzo all'Ungheria.

«Dio li scorga (scriveva.) salvi e lieti ai loro focolari! Dio ha voluto che la nostra vittoria li redimesse da una milizia ch'era una servitù...

«Nel nuovo diritto delle genti, tutti possiamo essere amici, perchè tutti eguali e contenti negli inviolabili confini della patria.»

Con queste parole, accompagnate dall'atto liberale, Cattaneo, in mezzo alla guerra, affermava le sue dottrine umanitarie e fraterne.

Il Governo Provvisorio accettò le dimissioni: dichiarò quei cittadini benemeriti della patria, ma imprese tosto a disfare quanto essi avevano fatto.

Cattaneo si ritira dal pubblico ufficio, non dalla lotta; e con dolore vedeva a poco a poco smarrirsi i buoni principii fra le manovre dei cortigiani. Ai lombardi viene imposta l'annessione: la libertà della stampa è soppressa: Enrico Cernuschi e Giulio Terzaghi, i valorosi membri del Consiglio di guerra delle Cinque Giornate sono arrestati come repubblicani, sicchè Cattaneo diceva che i governanti «nobilitavano il mestiere della spia.» E i patrizi, per risposta, lo perseguitavano con calunnie infami...

Gli sforzi dei soldati erano resi vani dall'imperizia dei capi. Udine cadde ancora sotto l'austriaco, e Cattaneo scriveva al suo discepolo ed amicissimo Mauro Macchi con profonda mestizia:

« – E una!»

L'esercito regio passava di sconfitta in sconfitta, e la catastrofe si vedeva imminente. Per scongiurarla, Cattaneo non vedeva che un mezzo: attirato dall'esperienza fatta, ritemprossi nella forza viva del popolo!

La guerra era stata perduta coi generali, quali dottrinari, quali incapaci. Per rialzare la caduta fortuna era necessario appellarsi di nuovo ai cittadini, invocarne il patriottismo, eccitarne lo spirito di sacrificio che aveva ottenuto la vittoria nella miracolosa insurrezione.

Non mancavano nè le volontà, nè gli entusiasmi: e quando (il Casati era a Torino!) si nominò in Milano un Comitato di difesa composto di Fanti, Restelli e Maestri, presto mandò subito a chiamare il Cattaneo.

Il cittadino rispose: «Si faccia il Comitato riconoscere qual dittatore.»

Non volle il Comitato, per rispetto al re: e fu fatale.

Ma gli eventi precipitavano. Milano era perduta, o meglio sacrificata. Il Restelli pregò Cattaneo a recarsi al palazzo Marino, dove si teneva Consiglio: un Consiglio molto misto nel quale v'erano alcuni generali del re, Mazzini, Garibaldi, il poeta Berchet, Filippo De Boni, ed altri. Cattaneo ascoltò un istante, poi scorgendo che non si prendeva nessuna pratica risoluzione, partì senza farsi scorgere. Ma lo vide De Boni e lo seguì per farlo rimanere...

– È inutile, rispose Cattaneo. Prima misura di salvezza è mandare tutti i generali del re al campo, ove v'è abbastanza da fare; senza di ciò quelli continueranno a sventare ogni sforzo dei cittadini. Ma è necessario che il Comitato di difesa prenda la suprema autorità e si appelli direttamente al popolo.

Ma che giovava che i pochi buoni lottassero con disperata energia, quando ogni cosa era già stabilita dal re e dai suoi generali?

I regi avevano profittato di quegli ultimi giorni per far arrestare alcuni onorandi uomini accusati d'essere repubblicani: e Cattaneo per mero caso non fu chiuso in Castello anch'egli!

Il Comitato di difesa faceva alcuni preparativi. Ordinava un prestito forzato: raccoglieva vettovaglie, amici e polvere, e Cattaneo aggiunse:

– Fate intorno a Milano una cerchia di fango: ostruite intorno le acque correnti: le artiglierie affonderanno nel terreno molle e fangoso: spariranno le strade: i cavalli entreranno nell'acqua senza poterne uscire: i corpi assedianti non potranno avvicinarsi, e il nemico in quella posizione ne avrà danno gravissimo alla salute.

Diede inoltre altri consigli provvidi, fra i quali di richiamar subito dalle montagne i volontari di Milano e delle città vicine. Ma siccome si sarebbero allora lasciate aperte le valli alpine, propose di istituire un'altra linea di punti forti, lungo lo sbocco di tutte le valli sulla pianura da Peschiera fino al confine svizzero di Como. Gli abitanti dovevano difendere i luoghi, e un corpo volante di volontari portar soccorso secondo il bisogno.

Cattaneo fu incaricato di questo ordinamento. Corse il 2 agosto a Lecco, dove trovò quei cittadini già presti alla difesa: poi va a Bergamo, dove si abbocca con Garibaldi che aveva seco dei baldi montanari, fra' quali una schiera di pavesi, ordina le fortificazioni, le disegna, eccita i montanari a sollecitarle...

E intanto a Milano, dopo una commedia sciagurata di difesa, entravano i soldati austriaci, che erano stati con tanta vergogna scacciati cinque mesi prima. Carlo Alberto, fuggiva di notte tempo: e i cittadini, che credevano tornati i giorni del marzo e si apprestavano a rinnovare la lotta disperata e forse la vittoria, erano consegnati indifesi a Radetzki.

VIII.L'esiglio.

La notizia giunse a Cattaneo mentre trovavasi a Bergamo: Garibaldi tentava invano di tenere il campo: «la gran giornata (scrisse) era al tramonto: era mestieri rassegnarsi, per cominciarne dall'alba un'altra con meno infidi auspici.»

Gli amici lo pregarono andasse a Parigi per verificare quali speranze ancor rimanessero alla tradita causa d'Italia.

– Per gli indefessi maneggi (scrive Cattaneo) delle corti di Torino e di Vienna, trovai gli uomini di Stato francesi imbevuti d'opinioni insoffribilmente vituperose a' miei cittadini e a tutta l'Italia. Dappertutto parlavano degli eroici sforzi del re Carlo Alberto, stoltamente sventati dalle discordie, vizi e perfidia nostra....

Figuratevi con qual cuore Cattaneo, il quale aveva per tanti anni scritto ed operato per ajutare il progresso lombardo, dovette sentirsi dire dai politici stranieri: «che bisognava introdurre in Italia le casse di risparmio, gli asili d'infanzia, le strade ferrate» come se la Lombardia fosse stata la terra d'una selvaggia tribù d'Africa. Infine gli ripetevano essere necessario che «il popolo italiano diventasse maturo,» per esser degno dell'indipendenza. La stessa frase ci ripetono oggi i moderati quando noi chiediamo la libertà.

Per far conoscere il vero, Cattaneo scrisse il libro Dell'insurrezione di Milano nel 1848 e della successiva guerra, che è la storia più veritiera che ci resti di quel fatto, del quale fu sì gran parte. In questa storia egli rivela tutte le perfidie e tutte le incapacità, senza riguardo a persona: e l'averle scritte fu per il partito moderato italiano la colpa maggiore, dopo quella d'aver impedito al partito aristocratico milanese di patteggiare con Radetzky e di regalare Milano al re Carlo Alberto, mentre ancora si combatteva fra le mura.

A questa narrazione ne aggiunse un'altra più minuta e confortata da molti documenti, l'Archivio Triennale.

Mentre viveva esule in Lugano fu eletto professore di filosofia al Liceo del Canton Ticino: e insegnò per molti anni a una gioventù animosa e libera che faceva tesoro delle sue parole.

La signora Jessie Mario, nome caro all'Italia e per la valorosa donna che lo porta, madre pietosa dei feriti delle nostre battaglie, e per l'illustre che le fu compagno, – pubblicò un foglietto che indica in qual il modo Cattaneo facesse la sua lezione. È il sunto che teneva per soccorrere la memoria.

«Nome e concetto della filosofia.

«Chiamata prima sapienza (sophia), titolo a quell'epoca facilmente concesso, essendo facile allora di abbracciare tutto quello che si conosceva. I sette sapienti della Grecia, i sette sapienti dell'India simboleggiati dalle sette stelle dell'Orsa maggiore. I sette spiriti benefici dello Zen Avesta, i Magi, eccetera, Filosofia (philos), amore della sapienza; ricerca continua della verità; i primi filosofi greci, contemporanei del cinese Confucio verso l'anno 600 a. C. Alcuni preferiscono lo studio della natura (Thales, Eraclitus, ecc.); altri, quello dell'uomo (Chrysippus); Platone le cose ideali, disprezzando le apparenze transitorie (phænomena), Aristotele abbraccia tutto il circolo delle scienze (enciclopedia), e nel medio evo venne salutato il maestro. Vediamo poi abbandonata la libera ricerca; osteggiate le scoperte – la geografia in Colombo; l'astronomia in Galileo, l'anatomia, la geologia, l'archeologia, la filologia. La filosofia deve consultare tutte le scienze – la chimica, la fisica, le leggi del moto, ecc. Ogni scienza la verrà confortando di grandi verità.

«Le scienze sono vaste elaborazioni del pensiero, la storia delle scienze è la storia del pensiero. – Ogni scienza ha il suo metodo. Studio comparativo di tutti i metodi.

«La filosofia non assume l'uffizio di alcuna scienza speciale, ma raduna le loro verità generali, le coordina in una scienza ancora più generale. Accorda tutte le verità.

«Definizione. La filosofia. – Studio dell'uomo nelle sue relazioni generali cogli altri esseri, secondo la testimonianza concorde di tutte le scienze.

«Definizioni simili, ma più ambiziose: – Scienza universale. La scienza delle scienze. La ragione delle cose. La scienza della ragione. La scienza dell'assoluto.

«Secondo la nostra definizione, l'uomo non si può isolare né dalla natura nè da Dio; l'associazione di tutte le scienze ci salva da sistemi immaginarii. La filosofia esperimentale è basata sul fatto costante nello universo, e non potrebbe fallire, che se venisse cambiato l'universo.

«Raduna, come in una lente, tutti i lumi sparsi. Dà a tutte le scienze una comune impressione.

«Questioni insolubili. Dispute a poco a poco lasciate in disparte.

«Gli errori nascono dalle opinioni preconcette, pregiudizii; (come quello della superiorità del circolo sopra l'elisse, la qual forma predomina di fatti nel moto dei corpi celesti.)

«Gli errori nascono dall'interesse di coloro che sperano di poter profittare dell'errore.

«Illusioni. L'universo è fatto integrale ed unico. L'errore è opposto a tutte le leggi della creazione. La verità concorde sempre colla verità.»

Si confortava Cattaneo anche collo studio dei poeti: e fra gli stranieri prediligeva Mickiewicz e Longfellow. Di quest'ultimo analizzò le poesie principali: lasciò della Evangelina una splendida sintesi: e con queste parole riassume le altre:

«Nel Sogno dello Schiavo dipinge Longfellow un colono negro addormentato nel mezzo d'una risaja:» – «Presso gli sparsi manipoli del riso ei giaceva con la falce in pugno, nudo il petto, riverso nella sabbia la torta chioma. Ei rivedeva tra le nebbie del sonno la patria; vedeva scorrere sulla terra dei suoi sogni il maestoso fiume; all'ombra delle palme passeggiava ancora re; udiva scendere pel monte il tintinnio delle sue carovane. Vedeva la sua regina dalle nere pupille; e intorno intorno i suoi parvoli. Gli si abbracciavano al collo; lo baciavano in volto; si sentiva stringere la mano. Dal ciglio del dormente una lagrima cadde sull'arena!»

«Un''altra poesia dipinge uno schiavo fuggitivo e ferito, vagante nelle paludi della Dünal Swamp; Vede i fochi del campo notturno dei suoi persecutori; ode lo scalpito dei cavalli, e i latrati del veltro sanguigno. Sulla tremula gleba della palude, nelle crasse erbe intricate, ei si accoscia come una belva. Misero vecchio, infermo e sciancato! Il cielo era limpido e scintillante; in terra, ogni cosa era libera e lieta. Su lui solo, fin dal mattino in cui nacque, pesava una sentenza di dolore. Su lui solo piombava la maledizione di Caino, come il flagello sulla spiga atterrata!»

«Il poeta mette uno sguardo entro il profondo oceano, su cui veleggiano le navi negriere; – «Colaggiù, semisepolti nelle arene, giacciono scheletri incatenati, con ceppi ai piedi ed alle mani... Le ossa degli schiavi naufraghi tralucono dal tetro abisso; dall'onda voraginosa che un grido accusatore: Sì, sulla faccia della terra si fa merce delle vite umane!»

«In altro luogo si dipinge nell'Africa un colono europeo che vende la seminegra sua figlia: – «Egli sedeva sotto il tugurio, in atto di fumare, immoto e pensoso. Alla sua porta un mercante di schiavi stava colla mano sul chiavistello, quasi in procinto di partire.... Innanzi a loro, con volto intento, in timido sembiante, tra ansiosa e attonita, stava la fanciulla. Grigia le pupille qual falco, nuda le braccia ed il seno, non aveva altra veste che una gonnella variopinta ed una nera e lunga chioma.... Il suolo è arido, la piantagione invecchiata, mormorava cupamente il colono; poi mirava l'oro del mercante, poi la donzella. Il core gli tentennava in petto; chè ei ben sapeva qual sangue le scorresse nelle vene.... Ma la voce di natura non valse; ei stese la mano al luccicante metallo. Pallida come la morte si fece in viso la vergine; le sue mani eran di gelo. Il mercante la prese e se le trasse dietro!»

«In contrasto a questa odiosa scena, un'altra poesia delinea la soave figura d'una donna americana, la quale, rimandando liberi in Africa tutti gli schiavi che coltivavano il suo retaggio, si ridusse alla povera vita di maestra d'una scuola: – «E così ella move tra le sue alunne con parole di lode o di mite rimprovero; e ammansa coll'angelico sembiante gl'irti figli della villa.

«Perocchè aveva molte dovizie, ma volle frangere i ferrei nodi di coloro che servivano nelle sue case, e sudavano nelle sue terre; e già da lungo i redenti da lei sciolsero reduci le vele sui mari, mentre essa in dolce umiltà si guadagna il pane.»

IX.Cattaneo e Garibaldi.

Nel 1859 Cattaneo fu invitato da parecchi ad acclamare Vittorio Emanuele. Eravamo alla vigilia della guerra.

– Amici, disse Cattaneo, abbiamo un alleato più potente di noi. Voi non potete disporre della vittoria senza il compagno.... Ma però voi siate soldati, e gridate: Viva l'Italia, viva la Francia; fate la guerra, non fate la politica....

Fino dal 1848 egli aveva scritto: «Potrà la casa di Savoja acquistare una od altra provincia, ma non senza perderne altre di più antico e di più saldo possesso, e in ogni modo le sue sorti e allora e poi rimarranno sempre in arbitrio straniero...»

Quelle parole erano una profezia che si compì undici anni dopo.

Nizza e Savoja furono il prezzo posto da Napoleone. E compreso di santo amor di patria (perchè compiere le patrie è necessità, per avviarsi alla federazione dei popoli indipendenti) scrisse una eloquente lettera ai deputati, che concludeva:

«Se non avete il coraggio di negare, abbiate il coraggio di esitare: già il solo indugio vi dà onore. Sospendete il vostro voto. Consultate gli elettori. Io compiango tutti coloro che avranno la sventura di lasciarsi indurre a scrivere in eterno il loro nome su quella pietra nefasta che segnerà il nuovo confine d'una Italia mutilata.»

Ma il ministero si era già assicurata la senile maggioranza che obbediva al ministro padrone, di seconda mano, il quale, a sua volta dipendeva dal primo padrone, Bonaparte.

Garibaldi prepara la spedizione di Sicilia: e Cattaneo scrive agli amici, ai giovani tutti:

– Armatevi, armatevi, armatevi! Quando sarete forti, sarete tutto ciò che vorrete. Ma fino a quel momento le vostre unanimità, le vostre illuminazioni, le vostre annessioni non saranno che tanti castelli in aria che un soffio dei potenti rovescia al solito.

Ai siciliani scriveva che il loro grido doveva essere: «Italia e Roma!»

Garibaldi un giorno in mezzo alle sue vittorie, gli scrisse:

– Qui ho bisogno di voi. Venite!

Non esitò e si recò presso l'eroe, che gli disse:

– Io ho tutta la fiducia in voi. Siate proditattore di Napoli!

– Io non conosco il paese, rispose Cattaneo; farei una prova infelice e d'altronde voi non avete calcolato le gelosie che io, come lombardo, susciterei.

E rifiutò. Garibaldi voleva mandarlo suo inviato speciale a Londra; ma Cattaneo lo dissuase. Però intanto consigliava il generale a non far subito l'annessione, citandogli l'esempio della federazione elvetica e della americana, le quali anche in torbidi momenti mostrarono di essere salde e compatte. «Perchè,» diceva, «metter sempre davanti al popolo la scelta fra due poteri? Tre o quattro secoli fa doveva scegliere fra guelfi e ghibellini; cinquant'anni fa tra tedeschi e francesi; oggi fra unità e divisione.... Non è necessario il dilemma. Il patto federale è un modo d'unità, l'unico forse, perchè durevol modo di concordia e libertà.»

Ai giovani però diceva: «Armatevi e combattete: bando alle discussioni e al tener agitate le popolazioni sul votare pro o contro: differite l'annessione fino a che le provincie meridionali non siano libere e non sia posto in fuga l'ultimo Borbone.»

La signora Jessie Mario racconta che «guardando le camicie rosse che si affollavano intorno a lui, egli soleva dire, mettendo il braccio intorno al collo di uno dei volontari, e con un sorriso raggiante verso gli altri: «Bravi giovani! Armi, libertà, verità, in tal modo farete l'Italia. Non turbate le vostre menti con altri pensieri: il futuro è davanti a voi.»

Altra volta diceva a Garibaldi: «Almeno, invece del cieco plebiscito, ricorrete al metodo più piano delle assemblee che discutono e deliberano e che possono prefiggere all'unione le condizioni di più ampia libertà, di più certi diritti e di più giusta giustizia.»

Questo consiglio non spiacque al dittatore, e anzi aveva risoluto di metterlo in pratica, affine di dare alla casa di Savoja il Napoletano e la Sicilia e ottenere in cambio quelle libertà che ancora sospiravano.

«Ma, scrive Alberto Mario, vinsero le insistenti e fastidiose sollecitudini dei cospiratori cavouriani, vinse il plebiscito, e l'Italia fu gettata ai piedi della casa di Savoja, colla camicia di forza dello Statuto di Carlo Alberto.

Ritornò Cattaneo mestamente alla solitudine di Castagnola; ritornò ai consueti studi.»

Per Garibaldi sentiva Cattaneo affatto e venerazione. Un giorno, trovandosi seduto a tavola in faccia a lui, esclamò ad un tratto: «Ma come si fa a non volervi bene con quella bella faccia?»

X.Il cittadino soldatoe la federazione.

Per essere utile in qualche modo all'Italia, pensò di rialzare il suo Politecnico.
E scriveva in questo giornale gli eccitamenti a studiare, ad armare e a fare: ed
aggiungeva: «Io fo quanto posso nel Politecnico, e durerò finchè i padroni mi
lascino fare, e i servi non mi lascino solo. Io non sono più che una voce. Almeno
i cani hanno l'usanza che quando uno abbaja, abbajano tutti...»

Egli mostrava aperta a noi la grande via del mare: «L'Italia si ricordi che la
natura la volle operosa e ricca quando la pose sulla gran via delle nazioni. Il
più libero ed inesausto mercato di capitali sono per l'Italia i suoi mari.»

Per armare la patria egli proponeva l'esempio della Svizzera: «Militi tutti,
soldato nessuno.» Tutti i cittadini, dall'adolescenza alla vecchiaja
appartengono all'esercito nazionale, tutti sono istruiti e armati: i più prodi li
comandano, e tutti son pronti a correre sotto le bandiere al primo cenno di
pericolo. Ma in questo modo non esiste dualismo fra due classi, non sono
separati il cittadino o il soldato.

«E il nostro ideale oltrepassa anche il modello svizzero e l'inglese, egli scriveva,
poichè abbiamo veduto una città in atto di cacciare dalle sue mura, un
poderoso nemico, e siamo persuasi che in quei terribili momenti non v'ha chi
non possa contribuire in qualche parte alla pubblica salvezza. Abbiamo visto
un collegio d'orfanelli ordinato improvvisamente in servizio di posta; abbiamo
veduto ritrarsi fedele servizio anche dai carcerati servi di pena, e d'altra parte
abbiamo visto, por manco di notizie e d'ordine, sventurate famiglie in preda
alla fame, al foco, ai tormenti, al disonore. Non si tratta solo di combattere, ma
anche di distribuire armi o munizioni a chi meglio possa valersene, di
raccoglier feriti e cadaveri, apprestar letti e cure, recar viveri o ristori a'
combattenti e derelitti, aprire o chiudere passi, spegnere incendii, salvare
masserizie e valori, dare lo scambio agli affaticati, raccogliere avvisi, verificarli,
dimandare, rispondere; ogni uomo, ogni donna, deve sapere esattamente ciò
che può fare, a chi può obbedire, dove stanno i pericoli e dove gl'inganni. La
superba Roma fu salvata dalle oche.

«Il nostro ideale è che la nuova generazione in Italia debba crescere tutta
iniziata alle libere armi come ai liberi pensieri.

«Ma la nuova forma di milizia deve uscire dal seno della nazione. Un popolo pensante e libero, se vuol compiere gloriosamente i suoi voti, deve spingere sempre avanti il suo governo, poichè governo vuol dire timone della nave, e il timone va dietro al remo ed alla vela e non avanti. Quella città, tanto meglio se non grande, la quale porge alle città sorelle il primo esempio d'un comitato di armamento o d'una società di scienze militari o d'una società d'esercizii speciali, potrà dirsi la fondatrice dell'Italia armata, la rinnovatrice della legione romana.

«Redimendo l'Italia dalla necessità d'un ingente esercito stanziale, le avremo aperto anche una vena di gloriosa ricchezza.»

Quale fosse l'ideale di governo lo spiegò nettamente nelle sue opere:

«Quando le nazioni tendono d'ogni parte verso la comunanza dei viaggi, dei commerci, delle scienze, delle leggi, delle umanità, quando il vapore trae sulle terre e sui mari le moltitudini peregrinanti nel nome della pace e della fratellanza; quando la parola vibra veloce nei fili elettrici da un capo all'altro dei continenti, non è più tempo di architettare una giustizia e una libertà che sieno privilegio d'Americani o d'Europei, di papisti o di protestanti. È tempo che le discordi tradizioni delle genti si costringano ad un patto di mutua tolleranza e di rispetto e d'amistà, si sottommettano alla luce d'una dottrina veramente universale. È tempo che le arbitrarie ed anguste divinazioni dei pensatori primitivi, perpetuate nei libri di sacerdozii rivali e nemici, cedano alle costanti rivelazioni della scienza viva, esploratrice dell'idea divina nell'illimitato universo.

«Ogni popolo può avere molti interessi da trattare in comune con altri popoli; ma vi sono interessi che può trattare egli solo, perchè egli solo li sente, perchè egli solo li intende. E vi è inoltre in ogni popolo anche la coscienza del suo essere, anche la superbia del suo nome, anche la gelosia dell'avita sua terra. Di là il diritto federale, ossia il diritto dei popoli, il quale deve avere il suo luogo, accanto al diritto della nazione, accanto al diritto dell'umanità. Uomini frivoli, dimentichi della piccolezza degl'interessi che li fanno parlare, credono valga per tutta confutazione del principio federale andar ripetendo che è il sistema delle vecchie repubblichette. Risponderemo ridendo, e additando loro al di là d'un oceano l'immensa America e al di là d'un altro oceano il vessillo stellato sventolante nei porti del Giappone.

«Un parlamento centrale ed un governo unico non potrà mai occuparsi ogni giorno, ogni ora, con affannosa sollecitudine, della Sardegna, della Lombardia, della Sicilia, come se ne occuperebbe un parlamento ed un governo sardo, lombardo, siciliano.»

La storia dimostrava necessaria la repubblica:

«Tutte le istituzioni in Italia (scriveva) hanno da tremila anni una radice di repubblica; le corone non vi ebbero mai gloria. Roma, l'Etruria, la Magna Grecia, la Lega di Pontida, Venezia, Genova, Amalfi, Pisa, Firenze, ebbero dal principio repubblicano gloria e potenza.

«L'avversione d'una parte dei patrizii per la repubblica è di recente origine; e per effetto d'avvenimenti che non appartengono alla nostra patria... E vi erano patrizii d'alto casato e professavano idee repubblicane (quantunque il caposaldo del mazzinismo fosse un re), perchè il patriziato d'Italia si formò nei consessi decurionali delle antiche repubbliche municipali, e pare anzi che, fuori di codesto modo di governo, la nostra nazione non sappia operare cose grandi. E che fece mai di glorioso, o anche solo di vituperoso, il gran regno che incatenò otto milioni d'anime nella bassa Italia?»

Cattaneo fu eletto parecchie volte deputato; ma egli non volle mai prestare giuramento per «il bene inseparabile del re e della patria.» Le sue professioni di fede repubblicane erano troppo chiare per poter essere fraintese: e quanto era accaduto in Italia non poteva indurlo a mutare convinzioni.

Giurare fedeltà al re, mentre tutti gli atti della sua vita pubblica erano la glorificazione del principio repubblicano, era indegno del suo carattere. Non intendiamo erigerci a giudici di quei repubblicani che sono entrati in Parlamento, protestando contro il giuramento, ma piegando la testa a quella necessità; è utile al progresso che anche in Parlamento vi siano libere coscienze che interpretino il grido del popolo senza secondi fini; ma è pur necessario cha altri repubblicani rifiutino quel sacrifizio, per conservare integra la fede, novelle vestali di quel fuoco che deve illuminare il mondo.

Ogni elezione di Cattaneo fu una fiera battaglia. I moderati lo combattevano con ogni arma, anche colle scortesi; ma nondimeno fu eletto nel 1860 in Milano (V Collegio), poi a Massafra e finalmente nel 1867 ancora in Milano.

Questa volta gli amici lo supplicarono volesse recarsi a Firenze, volesse beneficare la patria col suo consiglio prendendo parte alle discussioni della Camera. Lo rimproveravano di non voler consacrarsi come doveva alla causa del suo paese: e accesero una fiera lotta nel suo animo. Erano due voci che udiva, ed entrambe voci di una coscienza onesta. Provava rimorso nel recarsi a Firenze, perchè gli sembrava di tradire l'antica fede: rimorso nel non andarvi, perchè gli dicevano tradisse la confidenza degli elettori.

Finalmente agli ultimi di marzo 1867 Cattaneo si recò a Firenze. Appena lo si seppe colà, si affrettarono eminenti personaggi a visitarlo per chiedergli consiglio sulle gravi questioni che si agitavano allora: e contribuì alla fondazione della società geografica.

Intanto si diceva intorno a lui: «Perchè non va alla Camera?» Si aspettava di vederlo seduto su quei banchi dove tante personalità si smarrirono, per poter dire: Vedete? è anche lui un uomo come un altro, non è quell'essere straordinario che credete.

Ma parecchie volte Cattaneo andò fino alla porta: e ciascuna fiata la sua anima, libera di repubblicano gli disse: – No! tu non giurerai.

E tornò all'eremo di Castagnola.

Con leale franchezza espose ai suoi elettori la condizione dell'animo suo:

«Cittadini onorati e cari! (scriveva nel 24 aprile 1867) nel conferirmi la vostra rappresentanza, voi certamente teneste cortese conto e di quanto, già molti anni prima che il sistema parlamentare fra noi si stabilisse, io venni in vari modi operando a pubblico servizio, e principalmente di quel gruppo d'istituzioni scientifiche a pro dell'industria che per primo impulso mio si aperse (circa venticinque anni or sono) presso la vostra Camera di Commercio, nonostante la difficoltà dei tempi, e che in parte sopravvissero a tempi più calamitosi.

«Ma voi avete tenuto conto anche di ciò che operajo come deputato, astenendomi pur sempre dal mescolarmi nelle rivalità e transazioni parlamentari. E forse, in questioni di grande importanza, alcuni ministri non disdegnarono d'accogliere le pubbliche mie proposte o le mie rimostranze appunto perchè io non le sporgevo loro dallo file avverse e quasi sulla punta della spada.

«Io intendo far nuovamente tutto ciò che per luminosa prova vedo avermi acquistato la fiducia degli elettori di varii collegi in passato. E farò anche più che sinora non feci. Ma lo farò solamente quando l'indirizzo delle cose divenga apertamente e lealmente tale che quest'atto mio non sembri in me una vile adesione e sommissione a principii che non possono divenire i miei, e che fra i più fausti e gloriosi eventi, apportarono all'Italia, nel più inaspettato e quasi inesplicabil modo, debolezza, discordia, miseria e disonore!»

E pur troppo aveva ragione nella sua sfiducia. Il paese attraversava una crisi, procacciata dalla mala amministrazione dei moderati e conseguenza del sistema fatale che ancora ci opprime. E a chi aveva interesse a nascondere il male, Cattaneo diceva:

«Sì, noi siamo in crisi. Crisi è sospensione dei contratti e dei lavori per crescente sfiducia del capitale. Voi potete numerare meglio di me i successivi e continui passi della pubblica sfiducia in questi sette anni. Voi ricorderete sconvolte d'un colpo tutte le amministrazioni comunali; sconvolta l'amministrazione della giustizia; prevalente all'autorità notarile, vero sacerdozio della fede domestica, il cieco registro; l'esterminio degli archivii amministrativi; l'alterazione del valore di tutti i prestiti ed i possessi e gli affitti e le industrie colla sgarbata variazione delle imposte e delle dogane; mutati a capriccio i confini delle giurisdizioni; la colluvie delle leggi nuove e la minaccia di perpetue innovazioni, ignote ai contraenti, ignote ai difensori, ignote ai giudici, variamente interpretate nei vari luoghi e gradi di giurisdizione e nelle vacillanti Università; le orde dei magistrati ambulanti e d'impiegati bisognosi ed infelici, tolti alle parentele, alle aspettative domestiche, alle occupazioni sussidiarie, all'assistenza degli amici, in cerca di tetto e di letto, odiosi alle popolazioni, irritati e irritanti; senza soddisfazione e dignità di rendiconti regolari; il credito del Regno italiano divenuto alla borsa di Parigi trastullo quotidiano agli agenti del pontificato romano e dell'imperio latino. (Lettera 21 maggio 1867 a' suoi elettori.)

Come rimediare a tanti mali che aveva il governo? – Aveva la tassa sul macinato. – Contro questa, Cattaneo scrisse due lettere memorabili.

«L'imposta del macinato (così egli) tradizionale bensì presso alcune popolazioni, ma inusitata ad altre, e odiosa a tutte; e tanto più pericolosa, quanto più tristi sieno i tempi, e più irrequiete e sediziose le misere moltitudini.

«Non so, ma codesta massa d'imposta dovrebb'essere di molti milioni (è lecito immaginare), forse un centinajo. Perocchè il ministro si mostra persuaso dell'impossibilità di trovarne altra equivalente od un complesso di più altre; e la chiama «ultima nostra tavola di salvezza, ultimo sacrificio, se vogliamo poterci presentare in mezzo alle nazioni civili con fronte serena.»

«La famiglia dunque che vive di pane e che stima non molto infelice quel giorno in cui può vivere tutta di solo ed arido pane, dovrà contribuire in proporzione massima, a questo cumulo di milioni.

«E quanti anni continuerà per lei questa vita nuova?

«Fu, se non erro, il già ministro Sella che raccomandò a preferenza la imposta del pane, anche appunto perchè poteva essere «sminuzzolata in piccolissime particelle.» La famiglia che già fin d'ora può dare ai suoi figli solamente la ferrea misura del pane necessario alla vita, dovrebbe dunque, non solo per mitigarsi il martirio, ma eziandio per conformarsi al calcolo legislativo, dare a ciascuno ogni mattina, ogni meriggio, ogni sera, un minuzzolo di meno. E da codesti miseri tozzi tolti di bocca a milioni d'infelici, si costituirà quel centinajo (forse) di milioni che sarà necessario, non si sa per quanti anni dell'era nuova, affinchè le consorterie gaudenti possano «presentarsi in mezzo alle nazioni civili con fronte serena.»

Cattaneo ben sapeva essere impossibile ridurre le imposte fin che le cavallette in uniforme, che costituiscono gli eserciti permanenti, avessero distrutta l'opera degli altri. E scriveva nel 3 giugno:

«No, la nostra finanza non può essere questa. Meglio sarebbe se, oltre a lasciare che i poveri lavoratori mangiassero in pace tutto quel pane che loro abbisogna, si mandassero a guadagnar similmente nelle officino e nei campi altro libero pane due terzi degli inoperosi soldati. Così fecero, sintanto che furono liberi e vittoriosi, i nostri padri romani; così fecero sempre i vicini Svizzeri; così fecero con prodigioso esempio gli Americani. Così, al momento supremo, i nostri alleati prussiani ebbero pronti i danari e gli uomini e le armi e i capitani; – armi terribili e capitani maestri di guerra che le caserme austriache e italiane non diedero, e i Prussiani non furono costretti a cominciare, facendo a sè medesimi, per manco di danari, l'improvvisa ostilità del corso forzato. E non ebbero a subire poi le forche caudine della mezza guerra. E quelle milizie vinsero anche per noi; e quasi per incanto, fecero sparire dalle nostre fortezze i nemici che vi stavano da più di cinquant'anni.

«Se l'Italia, sette anni fa, si fosse armata largamente, e pensatamente come la Prussia, un'enorme massa di prestiti e interessi d'interessi si sarebbe risparmiata. Nessuno potrebbe dire perchè l'Italia non avrebbe potuto fare ugualmente anch'essa una guerra forte; perchè non avrebbe essa pure potuto dare almeno una di quelle memorande battaglie, il cui solo nome vale sulla bilancia delle alleanze e delle difese come un esercito perpetuo. Poichè improntano nell'animo dei popoli l'immortale coscienza di ciò che possono.

«Quella è buona finanza; quella è vera economia!»

La requisitoria fatta contro i clericali nelle lettere del 9 e 28 giugno è una splendida pagina:

«D'onde provennero (scrive) i più vasti e antichi possedimenti del clero?

«Basti ricordare un fatto notissimo. Fino al 1789, i canonici di SaintClaude (dipartimento del Jura, poche miglia fuori di Ginevra) erano in numero di venti; e possedevano dodici mila servi e serve della gleba. L'ardita penna di Voltaire non aveva potuto ottenere la loro libertà.

«Amici elettori, voi non pensate che quella piccola gleba si fosse adunata colle offerte spontanee dei fedeli.

«Erano antiche spoglie di popoli inermi e traditi divise tra predoni e manutengoli. Nelle pergamene di quei ferrei secoli, un beneficio si donava vestito (fundus vestitus); e il notajo spiegava il vocabolo, aggiungendo cioè con buoi e villani (idest cum bobus et villanis).

«Il poeta disse:

«Dividono i servi, dividon gli armenti. Il notajo più savio, metteva prima i buoi.

«Le più antiche signorie provennero da partecipazione ch'ebbe il clero nelle immense conquiste dei Franchi e dei Normanni, in Francia, in Germania, in Inghilterra, in Irlanda, in Sicilia, in Apuglia. Col qual nome si indicò dapprima tutto il reame di Napoli.

«I corsari ed i briganti normanni manomettevano con sì empio disprezzo i beni dei popoli cristiani, giocandoli perfino ai dadi, che nel gergo moderno dei giuocatori la parte di ciascuno si chiama ancora la sua Puglia; e un corpo di beni si chiama un lotto; e nel latino d'allora si chiamava una sorte, cioè una tratta di dadi!

Dalle Opere scelte, del canonico Gregorio (Palermo, 1855; pag. 91, 93), che per altri studii mi trovo alla mano, trascrivo due citazioni del cronista Malaterra; il quale fa dire dal normanno Ruggero a' suoi consorti: «Suvvia!.... ecco la preda a voi da Dio concessa (eja!.... ecce prædam); toglietela a coloro che ne sono indegni; godiamola, dividendo al modo apostolico (dividentes apostolico more).» Ad esempio d'una di codeste divisioni apostoliche, Ruggero concesse tutta la città di Catania a quella sede episcopale (concedens... totam urbem Catanæ sedi suæ cum omnibus appendiciis suis).

«Oggidì Catania è città (non mi ricordo se vescovile o arcivescovile) di sessantacinque mila anime! – Di tali donazioni tutti gli archivii d'Europa sono pieni. Moltissimi vescovi e abbati divennero principi sovrani. E ve ne ebbe fino al principio del nostro secolo.»

XII.Gli ultimi anni.

Una speranza confortava gli ultimi anni di Cattaneo; quella di lasciare ai posteri un'opera che fosse il suo testamento intellettivo. Quest'opera doveva essere la filosofia civile e naturale.

– Ho bisogno di ritiro e di quiete (diceva alla signora Nathan) per condurla a fine: e mi sento tanto stanco...

Era robusto in apparenza; ma, diceva il suo amicissimo Gabriele Rosa, «covava, la tempesta dei nervi. Era affliggente, per chi lo amava, vedere in lui, già tre anni prima della morte, ecclissato quel vivo lume degli occhi, curva la bella persona, e recante i segni della declinazione.»

Pur la mente sempre operosa, teneva, dietro con incessante lena al progresso e andava, studiando i modi di accelerarlo: fra questi egli, divinando il futuro, aveva propugnato il passo del Gottardo. Questo traforo egli lo voleva come necessario ai commerci dell'Europa centralo colla meridionale, come tramite fra l'Oriente e l'Inghilterra, come adiuvatore della prosperità della Svizzera e dell'Italia.

Si fondò una società per questo scopo: Cattaneo, senza avervi interesse di sorta, la secondò perchè rispondeva al suo concetto; ma sventuratamente la società fallì. I nemici di Cattaneo gli fecero colpa d'averla appoggiata: ed egli senti sì profondamente l'ingiusta offesa che subitamente (estate del 1856) si dimise da professore del liceo di Lugano.

Invano gli scolari, gli amici, il Municipio stesso «in nome degli studenti e del popolo» lo implorarono perchè ritirasse le sue dimissioni. Egli non volle recedere dalla sua deliberazione; ma commosso a tante prove d'affetto, scrisse questa lettera ai discepoli:

«Le vostre amorose parole saranno per me sempre un caro ricordo. Nel rispondervi parlerò a tutti quelli che vi hanno preceduto nelle mie sollecitudini e nella reciproca amicizia.

«I miei obblighi sono tanti od ora non potrei contare sopra lungo tempo per l'adempimento di quelli, che pure non potrei senza colpa trascurare.

«Amico in gioventù di quel concittadino vostro, che tanto fece per stendere a tutta la vostra popolazione i principii dell'educazione, mi trovai trent'anni dopo ricondotto dalla forza delle circostanze in questo luogo, ove prima per mezzo di consigli e più tardi col lavoro, riuscii a completare l'edifizio nel suo doppio aspetto scientifico ed industriale. Molti che non erano cittadini prestarono la loro opera. Troverete ora riuniti insieme una biblioteca e diversi oggetti d'arte, un gabinetto di scienza fisica e chimica, un museo di storia naturale, un osservatorio meteorico, un giardino botanico con piantagione; e mi auguro di udire fra poco qualche parola rivelatrice alla bella campagna vostra delle ultime scoperte fatte nell'agricoltura, nella selvicoltura, nella bovicoltura. Già accanto all'istruzione scientifica fiorisce un nuovo ramo d'industria popolare. I monumenti ed i documenti della storia umana che qui rimontano all'epoca degli Etruschi, facilmente si potrebbero estendere fino ai secoli primitivi, e farli arrivare all'epoca più recente, se questi elementi di una donazione scientifica venissero arricchiti dai doni e dagli studi dei vostri concittadini. Sarebbe tempo che con questo scopo, si formasse una società d'incoraggiamento delle scoperte scientifiche ponendo in grado gli arditi ingegni di proseguirle nei più remoti paesi.

«E nutro pure speranza che, fra i tanti studenti d'intelletto robusto che qui seguirono il mio corso d'istruzione, alcuni possano diventare interpreti e continuatori dei pensieri miei, giacchè la nostra filosofia, quale docile riflesso della sapienza e dei mezzi della sapienza, deve procedere passo a passo di conserva colle altre scienze senza mai fermarsi. Così mi sembrerà di poter ancora seguitar a vivere ed a pensare in mezzo a voi, anche dopo che sarà terminata per sempre la mia esistenza sulla terra. Spero che lo studio libero e sincero trionferà alla lunga sulle anime stesse che ora più vi ripugnano. La filosofia è la ragione dell'uomo che aspira a conoscere la ragione dell'universo; chi lavora a scoprire dappertutto il pensiero, dà prove che già crede in quel pensiero. Anche gli acciecati da una fatale disciplina verranno da ultimo a portare la loro testimonianza ai liberi cercatori della verità; giacchè coloro che contemplano l'opera danno gloria agli operai. Dunque, miei cari giovani, accogliete il mio saluto fraterno e materno nelle parole stesse che ho fatto scrivere sulla vostra bandiera; libertà e verità.

«CARLO CATTANEO, cittadino onorario.»

Ma intanto egli perdeva duemila lire all'anno e piombava nel bisogno più aspro.

Cattaneo, come il lettore ricorda aveva sposato la signora Anna Woodcock, inglese d'alto lignaggio, che con lui divise negli anni dell'esilio la vita modestissima e ristretta. Era però di salute delicata, e il marito si crucciava per lei, di non poterla confortare con quegli agi che sono dati dalla ricchezza.

In una caduta egli si era offesa una gamba. Da quel dì gli divenne faticosa la salita da Lugano al suo eremo di Castagnola. Il cuore gli dolorava: e nel novembre del 1868 Bertani gli dichiarò che doveva cambiar abitazione, se non voleva uccidersi.

La signora Nathan gli offerse la sua casa in Lugano, dove stava Giuseppe Mazzini; ma, fu vano. Non voleva abbandonare il nido che la consuetudine gli aveva fatto troppo caro.

Mazzini era stato gravemente malato: e Cattaneo scese a visitarlo, a parlare con lui delle speranze comuni: perchè sebbene l'uno d'essi fosse federalista e l'altro unitario, lo scopo era unico: la libertà.

Ma appena il grande genovese migliorò, Cattaneo decadde rapidamente.

Nella notte del 31 gennajo, un malore improvviso lo assalì. Il chirurgo del paese gli cavò sangue: e l'infermo parve stesse meglio.

Il 2 febbrajo Mazzini fece la faticosa salita di Castagnola per rivederlo. La sua parola confortò Carlo: le speranze politiche che l'amico gli aveva fatto balenare, parvero rasserenarlo. Fu quella l'ultima scintilla della lampada che si spegneva.

Il curato di Castagnola accorse al letto del morente.

– Vi accolgo quale amico, gli disse Cattaneo. E con dolce ma ferma parola gli ricordò la diversità delle opinioni.

Bertani fu chiamato troppo tardi. Giunse appena in tempo di assistere all'agonia che descrisse col cuore nella lettera alla signora Jessie Mario che la pubblicò nella sua Monografia:

«L'amico è morto; concedete che così soltanto lo chiami. Il filosofo, l'economista, il letterato, il valente battagliero, il patriota senza macchia, il fiero repubblicano, non è morto per noi. Nei suoi scritti, negli atti della sua vita lascia tanta copia di lezioni, da rigenerare l'Italia nelle credenze, negli studii, nella politica sua possanza. Ma il cuore dell'amico non batte più; e noi non lo vedremo più aprirci giulivo le braccia, quando lo sorprendevamo nel suo studio a Castagnola; o quando, sempre premuroso per gli amici, scendeva dal suo colle, e di notte, per incontrarci all'arrivo del corriere di Lugano. Che festa era per lui il rivedere un amico in cui fidava! E che pena il vederlo partire! Io rivivo, diceva egli per trattenerlo, lunghi giorni in voi che siete nel gran mondo, allorchè venite a trovarmi, e siete così avari di voi! E in brev'ora i temi di cento discorsi da farsi erano abbozzati da quell'animo sì ardentemente desideroso del bene della patria sua, da quella vasta e lucida mente che di ogni grande progresso e delle maggiori imprese del secolo fu propugnatore, cooperatore e illustratore.

«Ma io vi parlo dei suoi meriti intellettuali, e non voglio dirvi che del suo affetto e del mio dolore.

«Quando, poco più di due mesi or sono, Cattaneo venne meco al letto di Mazzini, allora aggravato, egli era già sofferente; ed io che, commosso da quella scena di affetto e da quel colloquio, sicchè mi parve un episodio della nostra storia, da piedi del letto contemplavo mestamente quei due uomini sì cari all'Italia, tremavo per la vita di entrambi, e scacciavo il pensiero, che la prepotenza della professione voleva impormi librando quale delle due nature fosse più infiacchita e prossima alla fine; e ripensavo alla miseria dei superstiti e raddoppiavo allora di preghiere e di sforzi per persuadere entrambi di essere più accurati e gelosi nel conservare la vita. Cattaneo non doveva fidare che nella tempra sua robusta, nel riposo e in un regime riparatore di una depressione incautamente praticata e con troppa tolleranza da lui subita. Quella sera, che vi descriverò rivedendovi, fu una sera mestamente solenne per me, ma non credevo allora che i patimenti di Cattaneo dovessero sì presto distruggerne la vita.

«L'agonia di Carlo fu delle più penose, e dai moti ordinati della mano che scorreva lentamente la sua fronte e tergeva le labbra fino all'ultimo, può credersi che ancora vegliasse in lui la coscienza, impotente a qualsiasi rivelazione.

«Quanto deve avere moralmente sofferto in quello stato! Egli scuotevasi alla voce mia che lo chiamava: – Carlo! Carlo! e la mano ch'io gli stringevo potè appena darmi segno dell'ultimo addio.

«Che pena sentirsi mancare rapidamente le forze, mentre poco prima, le sue ultime espressioni mostravano ancora l'ardore della lotta! Le ultime nostre sventure nazionali furono i temi della sua letale fantasia: Custoza, Lissa, Mentana, macinato, tutti i nostri dolori ei comprendeva allora in quello massimo, di lasciare così desolata l'Italia!

«Fino all'ultimo ricordò di essere deputato, e con manifesta agitazione proferì spesso la parola Parlamento. E mentre così delirava, un amico, ch'ei non riconobbe, accommiatandosi gli chiese e toccògli la mano per stringergliela; a quest'atto egli si scosse, e corse col pensiero concitato al dubbio che potesse rimanere sulla sua fede politica, e ritirando la mano, esclamò: – No, io non do, io non diedi la mano, io non sono impegnato, sono libero, nulla ho promesso; io non giuro. – E poi sognava della Spagna risorta e sorrideva. Il raffronto lo rasserenava.

«Della sua condizione politica rimpetto ai contemporanei ed alla storia, era preoccupatissimo. E si doleva allorquando le sue politiche dottrine erano da taluni confuse con altre, con quelle stesse di Mazzini.

«Una recente pubblicazione del Gaulois, che recava la biografia dei due uomini eminenti, lo aveva colpito negli ultimi giorni, appunto perchè gli si attribuivano idee non sue, e svisando il suo genio, i suoi lavori e tutto confondendo, lo si faceva continuatore dell'apostolato politico di Mazzini, quando questi credevasi morente forse.

«Voi ricordate la sua camera da letto che sta sopra il salottino. Egli ne occupava il lato destro. I giorni 5 e 6 di questo mese, venerdì e sabato, furono splendide giornate. Voi sapete com'è bella Castagnola, e come dalla finestra della sala e della camera di Carlo si vedesse lungo il lago la terra di Lombardia. L'amico estinto stava rivolto collo sguardo fisso agli estremi lembi della patria sua cui sembrava ammonisse coll'espressione dolce, ma improntata d'una serietà imponente.

«Dalle finestre aperte entrava un mare di luce, un'aura tiepida ed un olezzo primaverile che ravvolgevano il corpo dell'amico disteso sul suo letto e vestito; ma egli rimaneva freddo e coll'occhio immobile rivolto verso la sua terra.

«Io non potevo togliermi da quella camera, da quello spettacolo che riuniva la morte e l'immortalità, la fama e l'esempio di un grande cittadino, di un animo generoso e così benevolo ad un tempo.

«In cento modi l'ho contemplato. «Lo chiamai tante volte colla voce dell'anima che evoca gli amici dalla tomba; lo baciai, lo bagnai di lagrime, gli volsi da ogni lato il capo quasi per iscuoterlo e forzarlo a guardarmi, e, fingendo un istante che mi ascoltasse, lo fissai nelle ferme pupille inondate dal sole, ma queste stavano immote; egli era freddo, era morto.

«Se io avessi potuto credere al miracolo, ah! io l'avrei atteso allora dalle mie strazianti invocazioni.

«Gli tagliai un riccio di capelli. Con ogni mezzo dell'arte fu contrastato al tempo l'obblìo della forma della sua testa così bella. Ma infine fu necessità staccarcene, e l'adagiai io stesso nella cassa e lo circondai di fiori, gli accomodai il berretto, sicchè l'ampia fronte fosse scoperta, gli diedi l'ultimo bacio e coprii con un velo quel volto spirante ancora tutta la serenità dell'anima sua. Infine si chiuse anche su lui il fatale coperchio.»

Cattaneo spirò la notte dal 5 al 6 febbrajo 1869: nove mesi dopo la moglie lo seguiva nel sepolcro.

Milano si ricordò del suo figlio; si tolse il corpo dalla fossa di Castagnola, dove giaceva in pace, e lo si portò nel Cimitero monumentale di Milano il 26 maggio di quell'anno.

Il 23 febbrajo 1884, la Milano del popolo, col concorso di tutta Italia, ne collocava le ceneri nel Famedio, accanto a quelle di Alessandro Manzoni.

XIV.L'immortalità delle idee.

L'uomo è morto. Una tomba di granito rinserra le sue ossa, nel candido tempio che l'arte lombarda eresse in Milano ai cittadini più degni.

Il pensiero vive immortale perchè fu nunzio della verità che l'avvenire deve realizzare. Ed è questa la sua gloria: pur essendo pratico e svolgendoci le applicazioni della scienza, Cattaneo seppe scoprire e proclamare quei principii che saranno le leggi dei giorni ancor non nati.

Le opere scientifiche che si fermano al fatto presente, diventano inutili e cadono nell'obblìo, appena una nuova scoperta, un nuovo fatto, si mettono al posto dei primi. Ma Cattaneo non si fermò ad un solo fatto, ma diede le norme scientifiche, o insegnò un sistema. Discepolo di Romagnosi, da lui imparò il culto della scienza politica, dei fatti dimostrati, che influiscono sulla civiltà dei popoli; ma invece dell'aridità dimostrativa del maestro, usò il pittoresco stile dell'artista, strinse l'unione fra la scienza e l'arte. Il Politecnico è una prova di questa armonia fra materia, e idea, armonia che dà il carattere agli studi dell'epoca nuova, che costruisce le ferrovie, dissoda i terreni vergini, vuota le miniere, fora i monti, taglia gli istmi: e gli uomini che compiono questi miracoli – e sono i sapienti col loro ingegno e le legioni di operai sacrificati per possedere questo materiale indispensabile di civiltà, – aspirano nello stesso tempo all'avvenire. Aspirano a una terra di giustizia e vedono innalzarsi davanti a loro tutte le iniquità; sognano la libertà e devono piegarsi a tutti i gioghi: sognano il benessere, la bellezza, la pace, e sono oppressi dalle brutture, dalle discordie, dalla miseria, dalla guerra. Ma pur questa aspirazione che si fa ogni giorno più viva, è anche questo un fatto che esige il suo compimento; è la parte ideale che anela a congiungersi alla realtà. Ed ecco in qual modo Cattaneo, fedele alla filosofia positiva, trovava l'armonia del fatto coll'ideale.

Per raggiungere quest'ideale doveva additare gli ostacoli che ingombravano tuttora la via. Il più grave lo trova negli eserciti permanenti che recano tre danni principali: impoveriscono le nazioni, togliendo loro le braccia dei più forti lavoratori; sono strumento di assolutismo nell'interno negli Stati; fomite di guerra all'estero. Vagheggiava pertanto il sistema svizzero, dove tutti i cittadini sono addestrati alle armi, senza che nessuno venga tolto alle officine o ai campi: e la sostituzione delle nazioni armate agli eserciti permanenti egli univa a un vasto sistema di federazione. «La politica (scriveva) è l'arte di aggregare tutte le nazioni al progresso comune della intelligenza, della civiltà, dell'umanità, col minor dispendio di tempo, di tesoro, di fatica e di sangue.»

Gli Stati Uniti d'Europa fu la formola ch'egli proclamò fin dal 1848 in mezzo ai dolori della sconfitta e alle guerre devastatrici della patria.

«La corona imperiale, che doveva congiungere in una famiglia tutte le genti cristiane, cadde in polve prima di compiere l'annunciato prodigio. Ed ora le nazioni europee devono congiungersi con altro nodo; non coll'unità materiale del dominio, ma col principio morale dell'eguaglianza e della libertà. La Francia, da sessant'anni, scrisse questa verità nei Diritti dell'uomo. E le nazioni ora sono mature perchè la parola si incarni nel fatto.... Avremo pace vera, quando avremo gli Stati Uniti d'Europa.»

E una volta che il grande pensiero di Carlo Cattaneo sarà un fatto compiuto, si spegnerà negli animi il desiderio delle conquiste, si spegneranno le antipatie cieche, le gare ambiziose ed avide che trascinano alla guerra ed alla carnificina. L'umanità dell'avvenire non può avere che una patria, senza frontiere disputate, senza animosità nazionali, senza eserciti che si sgozzano; l'uomo sarà cittadino del mondo e il suo patriottismo sarà la fratellanza universale.

C. ROMUSSI